盘丝

刘小河 著

北京联合出版公司
Beijing United Publishing Co.,Ltd.

目 录

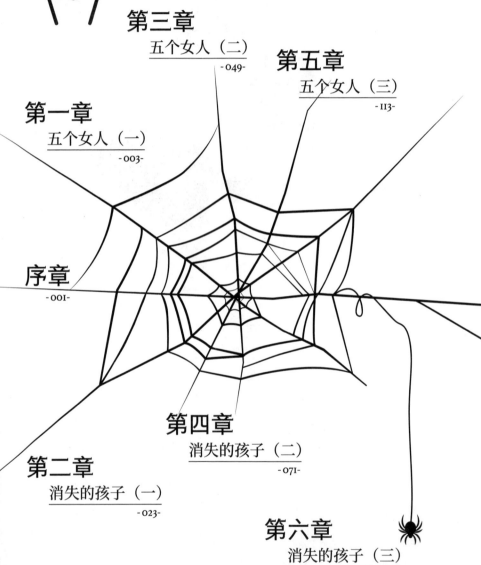

第三章
五个女人（二）
-049-

第五章
五个女人（三）
-113-

第一章
五个女人（一）
-003-

序章
-001-

第四章
消失的孩子（二）
-071-

第二章
消失的孩子（一）
-023-

第六章
消失的孩子（三）
-135-

第十一章

五个女人（六）

-261-

第九章

五个女人（五）

-223-

第七章

五个女人（四）

-157-

第八章

消失的孩子（四）

-189-

第十章

消失的孩子（五）

-245-

终 章

小连的日记

-293-

序章

屋里没窗，也没开灯。天全黑了之后，人在其中，就像被黑暗给活埋了。

等了没多会儿，门缝儿下面亮了，他回来了。

安红拍打着凸起的棉被，上面卡通小羊的图案已经褪色，发出梆梆的响声。安红清了下嗓子，自顾自地唱起那段儿歌——

> 半夜的铃铛叮咚响
>
> 睡着的狗儿鼾声长
>
> 听话的孩儿快醒来
>
> 我们一起捉迷藏
>
> 手上戴着红手套
>
> 脖上挂着铜口哨
>
> 长长的胡同不点灯
>
> 黑色的夜晚没月亮
>
> 听话的孩儿别害怕
>
> 妈妈为你把歌唱

男人徘徊在门外，安红听到他从腰带上解下钥匙，给小屋上了锁。

一阵响动过后，男人回到自己的房间，关上了灯。回荡着歌声的屋子恢复了安静。安红拍着被子的手也停了下来，她闭上眼睛，屏息聆听隔壁的动静。

可安静没有持续多久，隔壁便传来急促的电话铃声。那声音闷闷的，安红知道，电话依旧被男人锁在抽屉里。

门缝儿亮了。男人起身，把刚脱掉的衣服重新穿好。借着微光，安红瞥向床头上的红色塑料闹钟，时间已经过了晚上十一点。

哐当一声，男人出了大门，而后像往常一样反锁了大门。

男人第二次回来的时候，安红光着脚，正襟危坐在床边。男人踢掉了棉鞋，去厕所撒了尿后，径直去了隔壁屋。安红听见他解开裤腰带的搭扣，拽出里面掖着的毛衣和衬衣，然后跺着脚褪下棉裤，这个过程中，静电发出啪啪的声响。他的动作很急，嘴里哼唧着，还打了几个响嗝，在倒向床上前，咔嗒一声，男人灭掉了灯。

门缝儿又黑了，空气中传来酒臭味儿——男人喝得不少。

表盘上的指针马上就要成为直角，留给安红的时间不多了。

周围再次陷入安静，只有闹钟指针转动的咔咔声和她的鼻息。安红闭上了眼睛，又睁开，眼前的黑色与以往并无二致。黑暗中，她伸出右手的食指搭在自己左手腕的脉搏上，感受着冰凉手腕上一颤一颤的跳动频率。还有几个小时，她就要亲手割开这里的血管。平日里分布在皮肉下隐约可见的那些蓝紫色细线，就这样被切断的话，真的没关系吗？容不得皱紧的眉头松开，安红听到了一声不该在这会儿出现的声音。

嘎吱一声响，这次，门缝儿中亮起通红的光。

糟了，早了。

安红清了一下嗓子，声音比她估计的要响。或许今天，没办法成功了。那么，就得等到下个月。但是，信上已经讲好了，自己现在反悔，这事儿是不是从此泡汤了？

就在这时，呼噜声传来，男人终于睡着了。

第一章

五个女人（一）

二丫头

小翠儿

晓丹

沈君华

大凤儿

二丫头

一九九六年。

再有一年，二丫头就满十八岁了。

周末放学，二丫头会倒两趟小巴，从乡里的高中回家。当她穿着宽大的校服经过村委会前的那条土路，总有指指点点的七姑八婶聚集在路边，对着她嘴唇嚅动，低语的话里满是污秽。二丫头从不理会，只埋着头赶路，直到路过小卖部时，才会抬起头瞧几眼窗户玻璃上贴的泛黄画报。上面那些穿着花花绿绿的女明星个顶个漂亮，二丫头习惯了在那上面寻找妈妈的影子。

村里人说，她妈长得很漂亮。

村里人说，她和她妈越长越像。

村里人还说，她妈是十八岁那年生的她，月子坐了一半，就跟人跑了。

二丫头刚升入高三。她的成绩稳定，班主任说她考进省城的大学没问题，再努努力，还能挑个好专业。

教室里鸦雀无声，班主任站在讲台边，抱怨着这次模拟考的成绩不尽如人意。二丫头把刚发的成绩单规整地对折，夹进错题本里，平放在桌子上。黑板上的课表只剩下晚自习，下课铃响起，班主任离开教室，少男少女们结着队，追跑打闹着涌出教室，喧哗声此起彼伏。二丫头一个人来到教室外的走廊上透气。靠着铁栏杆，傍晚的风被夕阳晒得暖烘烘的，吹得她不禁眯起眼睛。

是的，她要考到省城去，但不是那个妈妈跟人跑了去的省城，也不是爸爸打工去的省城，那是一个属于她的省城。高楼林立，车水马龙，那是一个充满着无限美好的省城。

二丫头一回到座位上，二龙就递过来一张纸条。

"这周六要不要去我家玩儿？"纸条上工整地写着这句话。

"这周六？"二丫头看着二龙的眼睛，语气迟疑。

"这次模拟考我进步了，我爸说进步就给我买肯德基！"二龙低着头，继续在纸条上写道。

"肯德基？"二丫头有些心动，她没吃过肯德基。在她的印象里，肯德基是属于省城的一部分。

二龙把纸条翻了个面，写下："我也没吃过，一起尝尝吧！"

二龙挠着头，不好意思地盯着二丫头，二丫头笑了，从裤兜儿里掏出一个自己缝的钱包，拿出里面仅有的五块钱，递给二龙。

"肯德基很贵吧？我只有这么多……"

二龙拿着钱愣了一下，在纸条上写下"够了"二字，把钱折好收进校服口袋里。

二丫头记不清是什么时候和二龙变成好朋友的了。她喜欢和二龙聊天，喜欢二龙写在纸条上的隽秀的字。她敞开心扉，和二龙倾诉自己的大学梦，讲述自己心中关于未来的图像，而二龙总是会心地冲她笑，默许她的侃侃而谈，无声却有力。

太阳快落山了，天边聚集起红色血块一样的云，凝在那里半天也散不去。楼下的操场上很嘈杂，可二丫头却觉得此刻的世界好安静。

铃声再次响起，二丫头收好纸条，从桌膛儿里抽出套数学卷子，边把错题抄进错题本，边憧憬着即将到来的周末。

…………

二丫头这个周末没回家。李婶推门进来的时候，安老太太正卧在炕上，埋怨着自己的孙女不着家。

"有信了，东沟林家那小闺女要生了！"李婶麻利地盘了一条腿坐在炕沿儿上，另一条腿耷拉下来，却因为太短够不到地，只荡在那里。她裤腿里露出半截红秋裤，胡乱掖在绿袜子里。

"门儿还没过肚子倒先鼓了。"安老太太吐出嘴里的瓜子皮，压着嗓子说。

"这都什么年代了？再说，还不是怕那老李头儿家反悔啊！他家是咱们村的养鸡大户，鸡圈里每天收的蛋比我地里结的花生还多！"

"那小闺女今年十几？"

"才十八，不过老李头儿放话了，孩子 落地就办席！"

"瞅瞅我家的，一天天在乡里上学，你说一个丫头片子上学能有啥出息？儿媳妇跟人跑了，儿子也进城，我老了，是谁也指望不上！"

"老太太，你别这么说，你没听说吗？你们家孙女，早就攀上高枝儿了！"

"什么高枝儿？"

"敢情你还不知道呢！你家二丫头和乡长家儿子在学校里，关系不一般呢……"

"乡长？乡长是多大的官啊？"

　　"乡里的一把手，咱们村的何老五见了，都得跟人点头哈腰的！"

　　"那乡长家的儿子，啥模样啊？"

　　"模样可没的说，但就是有一点啊，不太理想。"李婶搓搓手，瘪着嘴说，"乡长的儿子，据说是个哑巴……"

　　"哑巴？那可不行！"

　　"老太太，你老糊涂啦，他要不是哑巴，能瞧上你家孙女？再说了，哑巴咋了？人家在乡里有房有车……我要是有个姑娘，别说嫁乡长儿子，就是嫁给乡长都巴不得呢！就是……就是别到时候再生个小哑巴……"

小翠儿

一九九七年。

小翠儿上大一，学的是播音主持。

小翠儿的寝室一共六个人，只有她是村里来的，但她从没为此自卑过。真正让她觉得难为情的是，寝室一共六个人，大一快结束了，只剩下她没谈过男朋友了。

大一暑假放假前，小翠儿管同学借了好多爱情连续剧的光碟。回到村里，她又软磨硬泡让何老五给她买了台 VCD 机，一个暑假整天把自己关在屋里看碟。

上了大学之后，十里八村来小翠儿家求亲的不少，可一个巴掌拍不响，何老五心里也有数。和小翠儿年纪差不离儿的姑娘们早就办喜事生娃了。但小翠儿作为村主任的闺女，又是村里的第一个大学生，别说小翠儿自己，就是何老五也瞧不上媒婆嘴里念叨的那些村里小伙儿。但让他没想到的是，小翠儿居然相中了刚子。

小翠儿第一次见刚子的那天，对方开了一辆省城牌照的进口轿车。办完事儿，刚子打算去何老五家蹭顿酒，却没想到自己在村里迷了路。正是晚饭时间，袅袅炊烟的路上一个人都没有，路过村东头广播站的时候，他正好看见小翠儿站在马路牙子边儿摆弄 BB 机。

"美女，你知道何老五家怎么走吗？"刚子摇下车窗，调侃着问道。

"你找我爸？"小翠儿边问边打量这个自己从没见过的男人……和他的车。

何老五正在家里张罗饭，院里忽然传来喇叭声。他从窗口一望，发出声音的是乡长老金的车。何老五吓了一跳，赶紧放下手里的柴火，还拍了拍袖子。他掀开串珠门帘时，刚好见小翠儿从副驾驶座位上下来，她旁边正站着老金的司机——刚子。

刚子穿着黑色紧身半截袖，头上还抹了发胶。他个儿不矮，身板也正，这些都让小翠儿很满意。晚饭摆在了院里，饭桌正中央是何老五新杀的鸡。刚子也没让小翠儿失望，虽然他学历不高，但是省城哪里有好吃的哪里有好玩儿的，他都能就着酒侃侃而谈。小翠儿觉得，他和村里那些只会种地掰苞米的男孩儿不一样，和那些只会算学分泡图书馆的男同学也不一样。

夏天的晚上异常闷热，院里的知了一直叫。小翠儿拿了把蒲扇坐在一旁扇风，驱赶蚊虫。看着何老五和刚子碰杯的样子，小翠儿笑了。她想象着，结婚后的她会和刚子住在省城的房子里，周末到了，刚子就会开车带她回村里，带点好酒，老爹像现在一样，准备两样下酒的好菜。恍惚间，她觉得找到了属于自己的另外一个巴掌。

酒过三巡，不胜酒力的何老五趴在桌子上吧唧嘴，刚子干了杯底的酒沫子，起身要走。

小翠儿说，你喝酒了，怎么开车？

刚子说，你见谁敢查乡长的车？

小翠儿提议送刚子去村口，村里的路上没有灯，怕他又迷路。

路上，小翠儿问刚子，来村里就是找我爸喝酒的吗？

刚子摇了摇头，说是来找二丫头的。

小翠儿听说过二丫头，村里人或多或少都知道二丫头家里的事儿。小翠儿知道她和自己上了同一个高中，但从没留意过她。

小翠儿问刚子找她干啥？

刚子只说了句这事儿你别问。

好像被蚊子叮了一下，小翠儿心里有些不好受。

车子到了村口，歪脖子树旁边立了盏路灯，又高又亮，蛾子绕着灯泡锲而不舍地来回飞。

小翠儿下了车，嘱咐刚子慢点开，刚子摆摆手，一脚油门，扬起一片尘土。

土路旁的野草蹿得比人还高，水洼里的癞蛤蟆一直叫，蚊子追着小翠儿不停地叮咬。路过小卖部，小翠儿看见门口的树墩上坐了个和自己差不多大的女孩儿，正不紧不慢地舔着冰棍儿。背着光，小翠儿看不清她的样子，却一眼注意到她圆鼓的肚子。

小翠儿进了小卖部，要了盘蚊香，要了瓶六神，又问老板门口那女孩儿吃的是什么冰棍儿，说自己也来一根一样的。接过东西，她又问老板门口那人是谁。

老板说，二丫头你不认识吗？

啊，她就是二丫头。

可等小翠儿买完东西，门口的女孩儿已经不见了。

撕开包装，小翠儿把冰棍儿含进嘴里，冰凉的触感在舌尖蔓延成酸涩的苹果味儿。

二丫头的年纪应该比自己小，可她的肚子已经大了。刚子是为她来的，那她肚子里的孩子……

等不及小翠往下想，冰棍儿就化了她一手，和小翠儿的心思搅和在一起，黏糊糊的。

回到家，何老五还在饭桌上趴着。小翠儿摇了摇老何，见他不醒，顺手把椅背上的衬衫盖在他身上。进了屋，在老何炕柜的抽屉里，小翠儿翻到了她爹的电话本。在临了的几页上，小翠儿记下了刚子的 BB 机号码。

沈君华

一九九八年。

宾馆里，沈君华醒了，昨晚，她睡得不太好。天还没完全亮，应该还不到五点。身后的男人吐着温热的气，一口又一口，打在她的耳后。她从被子里伸出赤裸的胳膊，按开床头柜上的台灯，满地凌乱的衣物在灯下原形毕现。

沈君华捡了内衣穿好，蹑手蹑脚地去洗漱。

洗手间又暗又潮，一股湿漉漉的霉味从毛巾架上飘过来，沈君华捧了点水扑了扑脸，然后扯了张手纸把脸擦干，顺手擦了擦马桶圈。

等她从洗手间出来，吴辉也醒了。

"起这么早？"

"我先去我妈那里接小罗，完事儿还得送他去托儿所。"

"想和你多待会儿。"吴辉坐在床边，从背后环住正在套高领毛衣的沈君华。

沈君华把毛衣塞进西裤里，扎紧皮带，不让他碰到自己空垮的小腹。吴辉曾经拿她肚子上的妊娠纹开过玩笑，沈君华对此很介怀。从那之后，沈君华总会隔三岔五地追问吴辉一个问题，问他为什么喜欢自己。可吴辉每次的答案都一样，因为她和学校里那些幼稚的女大学生不一样。

"这周四下午我没课。你要是没事儿，可以来找我……"

"那我得回寝室查查课表。"

"我查过了，你也没有……"

"是吗……"吴辉用头发蹭了蹭沈君华的后腰，"有也没关系，翘了也无妨……"

"不行！奖学金你不要了？"沈君华从吴辉的双臂中挣脱开，义正词严地说。

吴辉重又趴回床上，扫兴地说："你家老罗什么时候回来啊？"

"下个月吧。"

"啊……我下个月就放暑假了，本来想留下来陪你的，顺便找份兼职，看来不用啦……"

沈君华把手腕上的黑皮筋撸到虎口处，把头发绑在脑后："你回家也好，寒假你就没回去，这次回家看看你妈，过两天我去买点补品你好拎回去。"

"都听你的，对了……我听师兄说，系里要商量保研名额的事儿了……"

"是，这次的竞争很激烈。"

"也不知道我明年能不能选上。"

"以你的成绩没问题的。"沈君华穿好了衣服，挎上包，向门口走去，"对了，下次你找个好一点的宾馆吧！"

来到一楼，沈君华戴好墨镜，结了房费，在门口拦了一辆出租车，直奔她妈家。

吴辉是化学系的学生，而沈君华是化生学院的副院长。

这一段闯入沈君华人生的师生恋、婚外恋，是如此地突如其来，具体是怎样开始的，沈君华也说不清了，只记得是吴辉主动的。打一开始，吴辉就不介意她结过婚，也不介意她有孩子。按吴辉的话说，都快千禧年了，真心相爱的人还会在乎这些吗？

出人意料，沈君华没想到她和吴辉可以保持这种关系两年之久。

这两年说长不长，说短不短，却成了她人生中最幸福的两年。和吴辉在一起，她仿佛挣脱开了那段无爱婚姻，甩掉了应酬比家更重要的老公，也忘记了自己已为人母。在吴辉面前，她仿佛被一种不知名的毒药所麻醉，重新成了二十多年前那个初入大学校园的女生，青涩、热情、为爱不顾一切。

她想离婚，但迟迟下不了决心。她决定再等等，等小罗大点再说。她往返于学校和家、宾馆和宾馆之间，遵循着课表，按部就班地在不同的身份间拉扯着，挣扎着。

再等等吧。正如最近学生们说的，等千禧年来了，一切烦恼就可以迎刃而解了。

大凤儿

一九九九年。

老金给大凤儿打电话的时候，大凤儿刚把新买的藕荷色西装外套披上。下班后，她有一场相亲。

"二龙不见了！他最近找你了吗？"电话那头传来老金发狂的声音，夹杂着急促的呼吸。

"没有。"西装上衣没有侧兜儿，让大凤儿无处安放的手扑了个空。

"问你也是白问，他要是找你，你赶紧告诉我。"

"知道了。"

"打我这个电话，或者给刚子打电话。"

"知道了。"

电话里老金的话还没说完，大凤儿就挂断了电话。她看了看对面的同事，尴尬地挤出个笑容。同事好像并没有在意，合上记录会议内容的本子，端起茶缸去了水房。

二龙念的是职业学院，管理松散的校方直到期末考试才发现二龙不见了。

老金急得像热锅上的蚂蚁，到处找人，却坚决不报警。因为和二龙一起消失的，还有老金锁在书柜里的一沓照片。

大凤儿曾经偷看过，那些照片不堪入目，而上面的男人，都是老金的"朋友"。也就是从那个时候起，大凤儿对老金越来越厌恶。

大凤儿猜测，二龙的出走和那些照片不无关系。因为照片上的女孩子里有一位是二龙的同学。

挂了电话，大凤儿从抽匣里拿出管口红，翻开小镜子，用口红削尖的一面勾画着嘴唇的轮廓。

对于二龙的失踪，大凤儿居然没有一丝难过，上一次她有如此感觉，还是奶奶死的时候。

打弟弟出生起，她和弟弟就不亲近。在大凤儿眼中，弟弟是造成自己苦难生活的罪魁祸首，也是夺走母亲生命的帮凶。在老金想要儿子的梦想驱使下，身体本就不好的母亲作为高龄产妇，冒着生命危险再次怀孕。

B超室里，得知胎儿是男孩儿的老金激动得落了泪，一旁的奶奶双手合十拜个不停。躺着的母亲露出欣慰的笑容，开心地对自己说："凤儿，你要有弟弟啦！"

几个月后，大凤儿再一次跟着爸爸和奶奶来到医院。不一样的是，这一次妈妈是被一路叫个不停的120拉去的。亮着红灯的产房外，奶奶急得团团转，依旧双手合十对着半空不停地拜着看不见的神仙，老金把哭泣的大凤儿抱到膝盖上，温柔地安慰她："别哭，妈妈很快就出来，还有弟弟，弟弟也会一起出来的。"

三十分钟后，弟弟出生了。

从此，老金和奶奶成天围着哭闹的弟弟转，而母亲再也没下过床。

不到两年，母亲身体每况愈下，常常虚弱得说不出一句完整的话，最后病死在了家里。

不知道是不是二龙也感知到了母亲的死亡，葬礼之后，他便一直高烧不退，最后烧成了一个不会说话的孩子……

大凤儿明知故问，问老金弟弟为什么还不会说话，可她等来的不是回答，而是落在脸上的巴掌。

"你是姐姐，要照顾弟弟。"

"你是姐姐，你得懂事。"

"你是姐姐，要让着弟弟。"

"弟弟不会说话，都是你的错。"

这么多年，大凤儿的耳朵已经被这些话磨出了茧子，却依旧能听到自己心底的怒吼，那一句"凭什么"，终于在大凤儿上大学之后震耳欲聋地爆发出来。

大学期间，奶奶死了，大凤儿回家的次数变得屈指可数，也很少给家里去电话。老金打来的学费，她分文不动，课余时间也全部用来打工。大学毕业后，大凤儿在省城找了份工作，就再没回过家。

大凤儿收回思绪，她整理了一下头发，背上新买的皮包，准备出发。

这次的相亲对象是单位领导给介绍的，对方在师范院校里坐办公室，有编制，模样也不错。大凤儿觉得，是时候开启人生的下一个篇章——组建自己的家了。在这个新家里，没有奶奶，没有老金，当然也没有弟弟。

晓丹

二〇〇〇年，人们翘首以盼的新世纪如期而至。

晓丹在千禧年的第一个生日过得不怎么样。包厢里来给她过生日的人早就走光了。点歌本摊开在桌上，上面一整页都是杨钰莹的歌。紫色的绒面沙发上晃动着光斑，箱子里的啤酒还剩了半打。

退了酒，晓丹从卡拉OK出来的时候已经是半夜了。今天以联谊为目的的生日会以失败告终，相互看对眼的都已经出双入对地走了，唯独剩下她这个组局的寿星。再这样下去，就要接受家里安排的老派相亲了，晓丹叹着气，像往常一样站在路边伸手招呼出租车。

深秋的省城半夜气温直逼零度，晓丹的超短裙下面只有一条单薄的丝袜。她整理了一下刚烫的卷发，裹紧呢子外套，跺了跺脚。鞋子的细跟在新轧的柏油路上嗒嗒作响。

一辆出租车停了下来。司机是个小年轻，人看着清爽，车里也没有烟味儿。

收音机停在音乐台，播放着周蕙的《约定》，晓丹自然地跟着哼唱，司机开口夸晓丹不仅长得和原唱像，唱得也和原唱一模一样。

司机叫大茂，因为喜欢车，高中毕业就出来开出租，已经开了四五年了。晓丹问他年纪轻轻干点什么不好，为啥要当出租车司机？大茂沉默了一会儿说，除了开车，他不会干别的。晓丹问他开夜班有意思吗，大茂说自己原来开白班，最近他哥们儿遇上点事儿，自己晚上睡不着觉，就出来跑几趟。晓丹说，没想到你对朋友还挺仗义的。

打表器上的时间过了十二点。

晓丹兴奋地说，自己没别的爱好，就是喜欢唱歌。大茂说马路弯儿新开了一家卡拉 OK，金碧辉煌的，相当气派。一听到这个，晓丹来了精神，说要约大茂一起去。大茂推说自己五音不全，晓丹说没关系，自己也是随便唱着玩的，而且今天，准确地说，是昨天，是她生日。大茂笑了笑，说了一句生日快乐。

车停在狮城花园大门前，晓丹下车前问大茂到底去不去，给个痛快话。大茂看着晓丹皱紧的眉头，点点头答应了，并约好晚上五点来小区门口接晓丹。晓丹笑着留下一句一言为定，小跑着消失在大门里。

晓丹习以为常地掏出钥匙，打开了房门，屋子里和自己离开时一样，冷冷清清的，空有一地没人收拾的鞋子自顾自地热闹。家里果然还没回来人，短信里她爸说自己还得陪客户，而她妈说今天要在老姐妹家里通宵打麻将。

蹬掉高跟鞋，晓丹回到房间，在纸箱里翻弄着自己的磁带。

"我记得刚买过一盘的……和谢霆锋的一起买的……啊，这儿呢！"晓丹把磁带放进录音机，调小音量，按下播放键。周蕙的歌声再次响起。磁带封面上，周蕙眯着单眼皮的眼睛，笑容甜美。

"早知道应该要个他的传呼机号码的……"晓丹自言自语着，"不管了，晚上五点去瞅一眼，他要是不来，我一分钟都不多等。"

晓丹笑着冲到衣柜前，在衣服堆里扒拉着。

第二天，二十岁的晓丹随便塞了几口晚饭就回到房间里化妆。二字开头，正是情窦初开的年纪。

刚到五点，晓丹挎上大姑送的名牌包，拎着雨伞，不紧不慢地出了门。

一场秋雨一场寒。外面阴着天，淅淅沥沥的小雨浇下了一地的落叶，感觉比昨晚还冷。

小区门口一排的出租车里，晓丹一下子就看到了大茂。昨晚太暗，晓丹没看清楚，今儿一见，晓丹仔仔细细地打量了他一番。大茂留着毛寸，瘦尖脸，双眼皮，模样不丑，个子不高也不低。他直愣愣地站在自己的车门前，两手空空，也没打伞。

晓丹赶紧把手里的伞按开，小跑过去，把伞举到大茂头上，打趣地说："没想到你还真来了。"

"都答应你了，咋能不来？"大茂顺势接过伞把，把伞举得更高了点。

"你咋不在车里等，站这外面淋着？"

"没事儿，雨也不大，要是在车里坐着，我怕你认不出来，上了别人的车……"

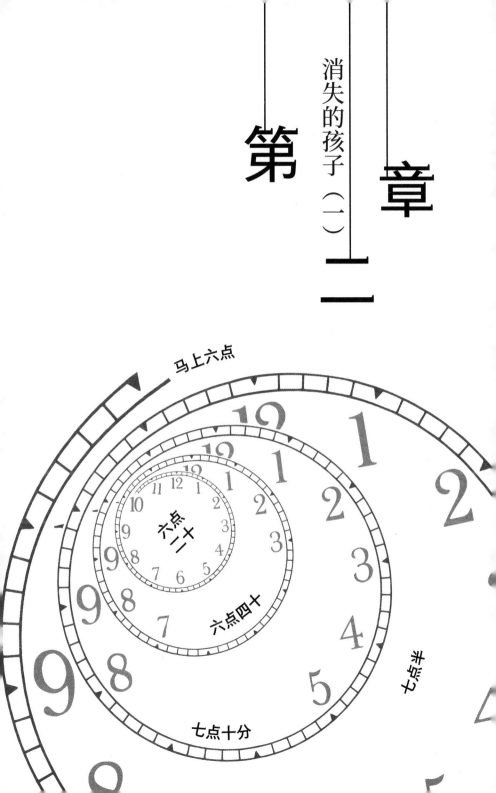

第二章

消失的孩子（一）

马上六点

　　窗框里的天已经暗了，远远的天边就剩下最后一丁点儿红，死活赖在黑云后面。马文彦收拾东西准备下班。媳妇小刘今天去做产检了，他没陪着去，所以想早点赶回家。可事不凑巧，队长丁卫国过来说有人报案，是起儿童失踪案，地点就在老城区，正是小马老丈人家附近，需要出个警。

　　丁卫国和马文彦循着地址找了过去。那是一栋临街的五层老旧板楼，楼的外立面已经被修补过好几次，深色痕迹纵横交错，在雪后晦暗不明的夜色中，仿佛一张巨大的蛛网，把整栋楼罩了个严实。

　　郭家小区五号楼有三个单元，报案人给的地址是二单元三楼302室。

　　昨晚下了雪，楼道口的雪还没人扫，只有下水的井盖露出突兀的圆形。逼仄的楼道里堆满"张牙舞爪"的杂物，锈迹斑驳的上下水管道纵横，很多房门上都贴着搬家、开锁、专业通下水的小广告，缓步台的窗台上码边儿放着成捆的大葱和囤的大白菜。楼道里比外面还黑，二楼的感应灯还不好使，俩人几乎是摸着黑上了楼。

　　白墙上被人用红色的喷漆喷了个数字"3"，第一个弯儿大，第二个弯儿小。302，是中间这户没错。

丁卫国敲了门。微微变形的门从门框里被推出，发出嘎吱声。门缝儿后面杵着个男人，身上冒着酒味儿，国字脸，脸颊坑洼，眼袋浮肿，布满血丝的眼睛不自然地眨动着。

"你好，同志，是你报的案吧？"

男人机械地点了点头，眼神有些不自然地躲闪。

"我们是警察，过来了解一下情况。"

丁卫国和马文彦在门口蹭了蹭鞋底的雪水后便进了屋。男人说了句别脱鞋了，然后招呼两人坐到沙发上。

屋不大，隐约能闻到一股线香味儿和一丝血腥味儿。奇怪的是，屋子里并没有摆放佛像或供奉用的小壁龛之类的东西。

哪来的线香味儿？马文彦抽了抽鼻子，怀疑是鼻炎又在冬日作祟。

收回视线，马文彦开始仔细观察屋内的布局——大门的对面就是沙发，左手边是一大一小两间屋。客厅的另一边是只挂了门帘的厨房，还有个紧关着的、磨砂玻璃的门，估摸着是厕所。茶几上堆着沾满油渍的饭盒，一些五颜六色的传单散在地砖上，被几个空啤酒瓶压着。

丁卫国从棉袄里抽出证件，亮给男人看，让男人叫他老丁就行。马文彦也照葫芦画瓢，让男人叫他小马。

男人眨巴两下眼睛，说自己叫徐伟，大家都叫他老徐，工作是开出租车。丢的孩子叫小连，五六岁，男孩儿，报案的时候都和接线员说过了。

老丁看了小马一眼，小马点了点头，从兜里掏出笔和本——老规矩，老丁问，小马记。

"孩子到底是五岁还是六岁？"

"前一阵，刚给孩子过的生日……具体几岁，我也不清楚……安红她没具体告诉过我……"

老徐的口音很重，平翘舌不分，话也说得磕磕巴巴的。

"安红是？"

"是孩子他妈，我，我和安红，我们一起搭伙儿过日子。"

"孩子不是你亲生的？"

老徐点了点头，点得脖子缩进了毛衣领子里。

"你是啥时候发现孩子不见的？"

"大概是今早六点，我起床去撒尿，然后就进厨房弄饭。"老徐眯起眼睛回忆着，嗓子有点哑，"一般我出车之前，都给孩子蒸个鸡蛋糕再走。我蒸好了，就去小屋敲门叫孩子起床。可半天都没动静，我打开门一看……"

老徐猛地停住，眼睛眨动着，看样子是在琢磨怎么说。

"你看到了啥？"

"孩子他妈……安红，就躺在地上，满地……满地的血。她……她割腕了，衣服袖子上都是血……"男人抹了一把脸，"我当时吓坏了，我就，我就抱着她，想赶紧去医院。当时我还看呢，小连根本没在床上。临走前，我还喊了小连好几声，扯着嗓子喊的，但没人应，我怕耽误，我摸着安红鼻子还有气，我怕她死，当时真是慌了，抱着安红就奔医院去了……"

"这时候是几点你记得吗？"

"也就六点刚过。肯定不到六点半，因为我屋的闹钟六点半闹。我走之前，闹钟都没响……"

"所以你在医院报了第一次警？"小马在这里插了话。

"啊……是……我在护士站打的报警电话。"

"那后来为什么又不报了？"

"因为……因为我走得着急，我合计说不定孩子就在屋里呢……我怕整错了，给警察同志添麻烦，就想先回家一趟……结果……结果我一回家，发现小连是真的不见了……"

"所以，现在的情况是孩子他妈早上自杀了，孩子现在下落不明……"

"是……是……"

"孩子他妈现在情况咋样了？"

"大夫说发现得挺赶趟儿的，不过现在人还没醒，我让我哥们儿先去医院看着了，那边得留个人，我这才脱身回来找孩子。"

"你最后一次见到孩子是什么时候？"

"昨天晚上，当时我回家，正听见安红在屋里唱歌哄小连睡觉呢。"

"孩子和妈妈在小屋睡？"老丁继续问。

"对，一般都是他们娘俩在小屋一起睡……"

"你昨晚回来的时候是几点？"

"大概快十一点吧，那时候刚下雪，我上楼前还特意把车的雨刷给竖起来了，怕今早出车冻上。"

"到家之后发生了什么？"

"我刚躺下，我哥们儿大茂打电话让我去喝酒，说他媳妇有喜了……"

"几点出的门？"

"也就十一点半吧。"

"当时孩子在哪儿？"

"那时候小屋没声了，他们娘俩应该是睡着了。"

"喝到几点回家的？"

"大概两点多，我喝得有点多，所以回家锁了门就直接回大屋睡觉了。"

"是反锁了大门？"

"是，是……我们这是老小区，治安差，反锁安全，安全。"

"家门钥匙有几把？"

"我手里有一把，另一把一直锁在大屋的抽屉里，我刚才看过，还在。"

"你手里有孩子的照片吗？"

"有。"老徐从屁股兜儿里掏出驾驶证，又从里面掏了张照片出来。

照片上的小男孩儿留着毛寸，面目清秀。照片从正面对折了，展开来发现小男孩儿的右边还蹲着个女人，长得和男孩儿并不怎么像。

"这是安红？"

"不是……安红不爱照相。这是我哥们儿大茂家媳妇，她仨出去玩的时候安红给他俩照的。"

"能去孩子住的小屋瞅瞅吗？"老丁提议道。

"行……"老徐点了点头，起了身，向那个半掩着的门走去。

屋里亮着灯，老丁推开门，血腥味儿浓了起来，但地上的血迹已经清理干净。小屋是个规整的小长方形，面积不足八平方米，桌子上堆满了用来打磨台球杆的巧粉块和一盒盒的不干胶贴。再往里走，塞着一张紧贴着墙的床。床上很乱，被褥没叠，一个瘪下去的大枕头旁边，放着一个套着卡通枕套的小枕头。

"孩子他妈为啥自杀，你知道吗？"

"我……我不知道。但，但他们都说……孩子他妈，好像有点问题……"说着，老徐用手敲了敲自己的太阳穴。

"你是指……精神问题？"见老徐点点头，老丁继续说，"去医院看过吗？病历本有吗？"

老徐又摇摇头。

"好，我们能去别的屋再转转吗？"

"警察同志，这房子就这么大，有啥好转的？不瞒你说，我早里里外外找遍了，哪儿哪儿也没孩子，当务之急不是赶紧找孩子吗？"这几句，老徐是一点也没磕巴。

老丁看着老徐说："刚才来的时候，我发现大门的门锁没有外力撬开的痕迹，暂时可以排除他人入室劫走小连的可能。目前，我们只能初步怀疑，是昨天晚上小连趁你和安红熟睡，从小屋溜出来打开房门跑了出去，但是也不排除其他可能，现在……"

"这不可能！警察同志，这不可能！"不等老丁说完，老徐便急吼吼地打断道。

老丁一愣，看向老徐的眼神无声地询问着老徐如此肯定的原因。

老徐顿了顿，显然有些犹豫，他的眼睛眨得更厉害了，吞吐着说："因为我每天回家，都会先给小屋上锁……"

六点二十

"我能抽根烟吗？"在得到允许后，老徐佝偻着坐在沙发边上，打开了话匣子。

老徐交代，他每天一到家，都会先给小屋上锁。不仅如此，他只要一离开家，就会把大门反锁，原因是怕他们娘俩在家不安全。

老丁和小马四目相对，都觉得这理由简直是扯淡。两人分别仔细检查了大门锁和小屋锁，都不存在外力撬开的迹象，而且屋子仅有的两扇窗，一个在老徐住的大屋，一个在厨房，都是老式的推拉铝合金窗，外面罩着欧式铁栅栏，各栏杆之间约有半拃宽，即使是只有五六岁的孩童也无法通过。

窗户从里面上了锁，锁扣也没有被破坏的迹象。老丁开了锁从窗户探头下去，发现外面是条老街，街上有很多小商贩，一楼还有个临街的小卖部。而小连睡觉的小屋，根本没有窗，唯一的出入口是门，那扇门还被老徐上了锁。

"小屋的钥匙呢？"

钥匙被放在大屋上了锁的抽屉里，一起上锁的，还有家里的座机。

按照老徐的说法，小连失踪的时间粗略估算为昨天晚上十一点半到今天早上六点之间。但是这段时间里，小连本应该和安红一起被锁在小屋内，且房门钥匙一直在老徐手中，房门从里面根本无法打开，房间又没有窗，这不成密室失踪案了吗？

不对，世界上根本不存在密室杀人或者密室失踪，小马边想，边在本子上狠狠划掉"密室"二字。

"老徐，我有个问题。"小马插话道，"你昨晚十一点回家后，见到小连本人了吗？"

"啊……没……我当时回家，见小屋门是关着的，安红正在里面哄孩子睡觉呢，我也没多想，直接就把小屋门给锁上了。"

"照你的说法，小屋门是关着的，那你怎么知道，安红，对吧？"见老徐点点头，小马继续说，"安红在里面哄孩子睡觉呢？"

"儿歌，安红当时在唱儿歌。她几乎每天晚上都唱儿歌哄孩子睡觉……"

"小马，你难道是怀疑那个时候小连已经失踪了？"老丁瞪大眼睛问道，"不对啊，这咋可能呢？老徐回家前大门不是反锁的吗？小连怎么走出反锁的大门呢？"

"小连当时还没真的失踪。我的意思是——当时的小连只是不在小屋内。"

"不在小屋内？"

"没错。小连要从这间屋子里消失，要突破的障碍一共有两扇门，一扇是被老徐上锁的小屋门，一扇是被反锁的大门。突破第一道门特别简单，因为在老徐回家前，小屋门都是开着的状态，所以小连只需要在老徐回家前离开小屋，躲入其他房间，这样，在老徐按照惯例为小屋上锁的时候，小连就不会被锁在小屋之内。所以老徐，你再好好回忆一下，最后一次见到小连是什么时候？我的意思是……见到他本人。"

"那就是昨天中午，我带了盒饭回家，我们仨一起吃的，吃完，我就出车去了。就这些，我还没来得及收拾。"说完，老徐指了指沙发前的茶几边，地上的塑料袋里堆叠着几个沾满油渍的白色饭盒。

"吃盒饭时有啥异常吗？啥都算上。"

"也没啥奇怪的……非要说的话，就是安红当时吃了很多，平时，她都没什么胃口。我着急出车，吃得比较快，吃完就出门了。"

"安红当时说什么了吗？"

"啥也没说……我俩好久……都不咋说话了。"

"你吃完饭离开时，确定小连依然在家吗？"

"肯定在，临关门前，他还和我一边招手一边吹哨来着。"

"如果是这样，那么小连失踪的时间可以初步锁定在昨天晚上十一点到十一点半之间，或者是今天的两点到六点之间，也就是说，小连真正失踪的时间，就是你在家的时间。"

"如果你人没在家，房门也就是反锁状态，小连无论如何也无法突破第二道反锁的大门！"老丁向老徐解释道。

"可……可这说不通啊！安红她，她怎么会放任小连跑出去呢？如果小连没在小屋，她为什么还要唱儿歌呢？难不成，是她……她把小连给藏起来了？"

"小连的失踪，安红必然是知情的……"

"孩子照片给我，另外，你再想想，孩子不见之前穿的是什么衣服？"

"好像是绿色的毛衣毛裤吧，我有点记不清了……啊，对了，他脖子上挂了一个口哨……另外，还有一点……"老徐努了努鼻子说，"小连他，他不会说话……"

六点四十

　　安红是老徐哥们儿的媳妇——晓丹给介绍的。

　　安红带着小连搬过来，不过半年时间。一开始，老徐只觉得安红年轻，长得也漂亮。安红有精神问题，是晓丹后来才告诉他的。

　　同居后没多久，安红就要死要活地想带小连走。那之后他便开始给房门上锁，即使是晚上在家的时候，也会把小屋的门锁上。也正因为如此，小连搬来之后，几乎没有出过屋。

　　在老丁的逼问下，老徐就着袅袅烟圈，吞吐出了这段话。

　　老丁给所里值班的同事去了电话，让他们过来支援。接着，他吩咐老徐留在家中，让小马去小区门口接应其他同事，至于他自己，要先去正对着楼门口的自行车库跑一趟，因为刚才来的时候，老丁在那儿发现了一个监控探头。

　　自行车库屋子里烧的是炉子，有点呛鼻子。看车库的是个老爷子，见了老丁的证件后立马下了炕。老爷子说这监控刚安了三个月，自从有了这个小东西，车库的生意也变好了，连对面小区的，都把自行车存过来了。

　　老丁得知探头里插了一张 SD 卡，录像都存储在卡上，便拜托老爷子将 SD 卡取出来。老爷子鼓捣了半天，才发现那探头竟然坏了。

"大爷，这探头啥时候坏的？"

"俺也不知道啊……这东西，都是俺儿子弄的。"

"这探头的镜头，像是被人砸碎了……"

这会儿工夫，老爷子的儿子，也就是真正的车库老板回来了。

老丁说明来意后，车库老板回忆说："是有人弄坏的，有一回有个醉酒的混子在这附近转悠，给弄坏的。"

"醉酒的混子？"

"是啊，我本来想让对方赔钱的，只是那人的右手手背上满是文身，一看就不好惹，我就想着多一事不如少一事。咱们平头老百姓干个小买卖不容易，要是惹上什么不干不净的人，碎的就不是镜头而是饭碗了。"

"满手的文身？"

"是啊，可吓人！"

"镜头虽然坏了，但之前录下来的视频可能还在，我想查查都拍到了啥。"

车库老板拽了梯子来，三下五除二地将探头中的 SD 卡卸了下来递给老丁。

临走前，老丁问爷俩这小区一共几个门。

"好几个呢，不过现在能走人的就这一个北门！"

"其他门呢？"

"本来还有个南门，东面还有个小门。不过老小区小偷小摸的多，而且那边净是工地，农民工喝多了乱窜，一晚上都不消停，所以就都给封了。"

得亲自去看看，老丁想。

老丁谢过爷俩，在正门那儿碰上了小马。

"增援还有多久到？"

"马上了。"

"一会儿等人到了，记得留几个人守在小区北门，剩下的人加上老徐，大家一起先在小区里仔仔细细搜一遍。我总觉得孩子要是一个人跑的，应该跑不远。"

"你这会儿干啥去啊？"小马吐着白气，不停地搓着手，脚下已经踩出了一个雪坑。

"我去小区别的门转转，顺便把小连的照片多复印几张。"

出了北门，老丁向右走，先找到了车库爷俩口中的那个小门。那是个一米宽的铁门，门上的栏杆间隔很窄，就连伸个拳头过去都困难。开合处和旁边的铁门柱被铁丝绑在一起，铁丝缠了很多圈，很结实，老丁拽了一下，根本拽不动。接下来，是那个原本也可以出入的南门。找到南门的时候，老丁笑了。这边封门的方式很粗暴，直接砌了一堵两米高的红砖墙。

这下，老丁彻底放心了。

老丁顺着原道返回，这条道就是大屋窗外的那条街。在一家打印店里复印好照片后，老丁发现前面不远，就是刚才看到的小卖部。

小卖部的门脸儿不大，但客人不少，不时有人拎了东西出来，也有人抖了抖鞋子上的雪走进去。老丁的肚子不争气地叫了起来，抬手一看表，已经是晚上七点了，他和小马都没吃晚饭呢。

看店的是个正在看书的女人，她穿着花棉袄，头发帘长长的，遮住了半边脸。她胸前扎着两个麻花辫，绑头发的黑发圈有些旧了，露出土黄色的橡皮筋来。她的孩子看着五六岁，就坐在她腿上。娘俩身后是一排排的香烟，面前的玻璃柜子里放着些日用品，上面摆了两个小筐，里面都是小孩儿的零食，还有一个插满棒棒糖的彩色大桶。

"买点啥？"女人先开了口。

老丁表明身份后，女人的眉头皱了起来，她站起身来，手上推着孩子说："去，去后面找你爸去。"孩子不情愿地从女人腿上跳下来，睁着水汪汪的大眼睛望了望老丁，然后沿着货架中间的过道朝后面跑去。

女人拨开头发帘，颧骨处不经意间露出了一道疤痕。她看了一眼老丁的证件，然后缓缓问道："警察同志，是查啥案子啊？"

"有个男孩儿失踪了，五六岁，就住你这楼上的302，你有印象吗？"

"啊，302。"女人的语速很慢，"我见过那家男人，开出租车的，是叫老徐，是吧？"货架后传来噔噔噔的声音，一个男人从后面小跑过来。他摘掉手上的劳保手套，伸手和老丁握了握手，说自己叫顺子，是这家小卖部的老板，女人叫燕子，是自己媳妇，还说有什么需要帮忙的，他们一定配合到底。

"警察同志说咱们楼上那家的孩子丢了！"女人抢在老丁前说。

"孩子？"顺子疑惑地问。

"你们没见过他家孩子吗？"老丁惊讶道。

夫妻二人都摇摇头，看来，老徐说小连几乎没出过门，应该没撒谎。

"不过，我倒是听过楼上有那种，就是孩子光着脚在地上跑跳的声音，是不是？"女人瞅了瞅男人说。

"是，听声倒是像。"顺子赞同道。

"所以你们在一楼也能听到吗？"老丁问。

"不，在二楼，一楼是门脸儿，二楼是我们家。"

"哦，这样啊！那昨天晚上，你们听到过跑跳声吗？"

"没有，昨天我快半夜十一点了才上楼，我哄孩子睡着了之后，还踩了会儿缝纫机，要是有声音，我肯定能听见，毕竟咱们这种老板楼不太隔音。"女人回答说。

"对，后来我收拾了下货，差不多十二点，也上楼了。"顺子也十分肯定。

"咱这店这么晚了还有买卖呢？"

"有，但不多，晚上都是些工地上的工人，过来买烟酒花生啥的。"

"你们说的上楼是从这儿出去，绕一圈从北门进吗？"老丁指了指小卖部的入口处。

"不是，我们店里屋有个门，出去就是楼洞，直接上二楼就行。"

"买东西的客人也可以从那儿走吗？"

"那门平时都锁着，就我和我媳妇图方便走的。"顺子接着说，"对了，我记得我和媳妇儿之前还坐过一回老徐的车呢。他人挺好，得知我们去的地方偏，他也没介意，起了个大早拉着我们过去的。他总来，晚上买点酒啊方便面什么的。真没想到他还有个儿子呢，也没听他提起过。"

"是啊。有一次，我记得他来买了个挺大的奥特曼玩具，我问他买给谁的，他就笑了笑也没吱声，看来，是买给儿子的……"燕子插了一句。

顺子挠着头说："啊，怪不得。不过，这孩子咋好端端地丢了呢？"

"警察同志……要不……去问问他家隔壁那个老大娘吧。"燕子迟疑了一下，说，"就住301那个。那个老大娘特别喜欢男孩儿，这小区里的男孩儿她都认识。有一次阳阳在院里玩，她以为阳阳是男孩儿，就把阳阳领回了家里，还给阳阳穿了些奇怪的衣服。"

"对！当时给我俩急坏了，还以为阳阳丢了呢，差点报警！"顺子补充道。

"还有这种事？"老丁惊讶道。

"而且她家还养了狗，见人就叫。我和阳阳都怕狗。那次老太太领阳阳回家，狗还跳起来把阳阳的手腕咬破了，去诊所打了好几针，最后还留了个疤。"

老丁觉得奇怪，刚才在老徐家，也没听到狗叫啊。

这时，刚才的孩子从货架后面跑回来，一下子扑到顺子的怀里，撒娇地说道："那只小狗可凶了，叔叔你看！"说着阳阳就把藏在深蓝色毛衣袖子里面的手腕露了出来。

疤很明显，看来咬得不轻。这时，老丁才发现，面前的阳阳其实是个女孩儿。不过也难怪那个老太太会认错——阳阳的头发对于这个岁数的女孩儿来说，是有点短了。

"你叫阳阳是吧？阳阳放心，叔叔是警察，有叔叔在，阳阳不用怕狗了！"老丁蹲下来摸了摸阳阳的头。

"真的吗？太好了！"阳阳开心地笑了，眼睛弯弯的。

"阳阳，叔叔问你个问题好吗？"老丁边说边看了看小夫妻俩。

"什么问题？"

"阳阳认不认识一个叫小连的小朋友呢？他就住在阳阳家楼上。"

"小连？不认识。他住在我家楼上吗？太好了，妈妈，以后我能找他玩了！"阳阳眨着好奇的大眼睛，拍着小手说。

老丁觉得心里一紧："等叔叔找到他……以后你们，就可以一起玩了。"

得知老丁要开始地毯式搜查，顺子热心地从角落里找出几个手电筒和劳保手套，带着老丁从后门回到楼里，说自己也要出一份力。

老丁没有拒绝，毕竟这个时候，多一个人，便多一双眼睛。

等顺子和老丁走了，阳阳依偎在燕子怀里，低声呢喃着："妈妈，警察叔叔说的那个小男孩儿，我好像见过……"

"阳阳不许瞎说，你啥时候见过，妈妈咋不知道？"

"就是之前爸爸出门进货、在外面堆了好多好多纸箱子那天，有个小男孩儿从一辆出租车上下来，我看到的……"

另一边，小马带着所里的同事从小区北门赶了过来，老徐也叫来了一伙开出租的哥们儿。老徐和其中领头的那个打招呼："你咋来了，现在谁在医院呢？"

"放心，晓丹在呢！我想着这边找孩子，还是人越多越好。"说话的是大茂。

老丁按照人数分配了小组，将复印好的照片分给大家，并嘱咐任何角落都不能放过，垃圾箱、树丛、楼道都要仔细查找……孩子个子小，能躲藏的地方很多。

"小区门口留人了吧？"老丁问。

"留了，所里新来的男小赵在那儿盯着呢。"

"行了，你先回 302 守着，家里不能没人，万一医院那边有消息呢？"

起风了，北风，雪后的夜晚很冷。

老丁往衣领里缩了下脖，握紧手电筒，劣质的塑料开关刚推了两下就失灵了，还好灯没有灭。

光斑很小，老丁只得不断挥舞着手电筒，灯光扫过之处，除了随意堆在楼门口的废旧自行车、居民们用白菜堆起的小山包，还有很多用塑料薄膜搭起的违建小棚子，树上绑着的条幅已经褪色……

又下雪了？老丁的鼻尖上突然觉得凉丝丝的。

不对，是风卷起了浮雪在到处乱洒。不会说话的小连，就如同一片飘落的雪花，默默地落在地上，无声无息，隐身于茫茫的雪地里。

这时，不远处传来一阵女人的尖叫，割破了逐渐浓稠的黑夜……

七点十分

小马刚上到三楼，301 的门就开了，门框里面探出张老太太的脸。在昏暗的光下，老太太满是皱纹的嘴角抽动着，哑着嗓子问："是警察同志吗？我，我也要报案……"

老太太说自己姓殷，大家都叫她殷大娘。她是南方人，年轻时跟着丈夫来东北做土特产生意，现在老伴没了，姑娘嫁人了，就自己住在这儿。

301 是个单间，灯很亮，面积比 302 要小很多。一进门的右手边就是厕所，再往里走，就是一排红彤彤的光面立柜。紧挨着的是个小客厅，电视边上有张遗像，下面摆了些水果和糕点。再往里是张单人床，上面铺了床缎面的绿色被褥，床头柜上还摆了盏老上海风格的流苏台灯。

屋子里有一股蛤蜊油混合着霉了的木头味儿。小马快速环视了一圈，然后被大娘领到了西面的木沙发上。

殷大娘的脸色蜡黄，黑白相间的头发扎了个低低的发髻，有点佝偻的上身穿了件紫色的对襟小棉袄，盘扣一直系到脖子，下半身穿着一条很厚的黑色棉裤，脚上是一双红色绣花棉拖鞋，看样子这一身都是手工缝制的。

小马坐定，突然听到一阵有规律的滴答声。这时，殷大娘往茶几上放了一瓶玻璃瓶的牛奶说："警察同志，家里没有热水了，你喝奶吧。"

殷大娘递过来的是订购的瓶装奶，最近牛奶广告打得正火热，订奶送不锈钢盆，小马的老丈人也随大溜订了半年的。

"啊……不用了大娘，我不渴……"

"小伙子，你们警察同志东奔西跑的，最辛苦了！你们这是来查什么案子的？"殷大娘自顾自地把牛奶塞进小马怀里，"这奶，大娘家里多的是。最近，大娘睡不好，夜里啊总做梦，我闺女说，喝牛奶助眠……牛奶好，有营养，壮壮最爱喝了，没几天就要喝一瓶。"

小马不好推托，只好先接下牛奶，接着简单提了一嘴隔壁的孩子疑似失踪了。

"孩子咋还能丢了？"殷大娘瞪圆了眼睛，尖着嗓子喊，同时还不忘提醒小马，"牛奶你别光攥着，喝呀。你喝完了，空瓶子拿回厂里去，还能换钱呢！"

小马顺势把牛奶瓶放到桌子上，转开话题："大娘，看来您很喜欢孩子啊！"

"哎，你不知道我多想抱外孙呢，但我那姑娘不争气，结婚多少年了也生不出来。"说到这里，殷大娘连连叹气，不过脸上的表情却没什么变化，情绪仿佛被脸上折叠的皱纹藏了起来。

这时，小马终于找到了滴答声的来源——水龙头。只见水龙头里的水一滴一滴地落入正下方敞口的铝制水壶里。老式的水表不够灵敏，这样的方式可以让水表不走字儿，积少成多，就可以省些水费。

"大娘，您搁这儿住多少年了？"

"那可有年头了！"说着，殷大娘掰起了手指头。

"您认识住在 302 的徐伟吗？"

"认识啊，我和他妈很熟的，我也算是看着小徐长大的。当时他出事的时候啊，还是我日日夜夜地劝他妈呢。后来啊，他妈就把房子卖了，搬走了。不过这小徐也挺奇怪，换作是我啊，老娘都死了，铁定不会再回来租这房子住了。"

看来问对人了。

小马心头一喜，紧接着问："大娘，徐伟出过啥事儿啊？"

"你们这警察办事儿不行啊。小徐之前坐过牢的，你不知道？"殷大娘又继续说，"他新找的那个女的，叫什么红的，也不是安分人……"

"是安红。您见过她吗？"

"见过一两次吧，还是小徐刚搬回来的时候。不过已经挺久没见过了……那孩子也是搬来那天我从猫眼里瞅过一眼，一直躲在他妈身后……不过，我倒是见过有男人来找那女的。"

"男人？"

"是啊！就前不久的事儿，怪吓人的！那男人咣咣砸门，凶神恶煞，吓得我的球球都不敢叫了！"

"那男人您认识吗？"

"不认识，我看不是这附近的人，我在这儿住了这么多年了，附近的人我都打过照面儿。"

"具体是哪天您还记得吗？"

"哎哟，这我就记不住了，我都这把年纪了，是有一天没一天地过，哪年哪月的，都过得糊里糊涂的……"

"您刚说要报案，是什么案子？"

"呀！你瞧我这老了，是不中用了，都把正事儿给忘了！我的球球前几天丢了！就那天，我姑娘来看我，非把她家那只野猫崽子带来，我只好把球球拴在门外了，不然啊，它俩得打起来，球球啊，总是被那野猫崽子欺负得嗷嗷叫！"

闹了半天，原来是狗丢了，小马瞄了一眼手表，时间已经过了七点。

"小伙子，你一定得帮帮大娘，这外面冰天雪地的，球球再冻着！它从小娇生惯养，和外面那些野狗可不一样，哪儿受过这种罪呢！"

殷大娘正说到激动处，外面突然响起敲门声——是殷大娘的女儿张静。

张静不住在这里，也没见过小连。不过在提到丢狗的事时，张静有些紧张，她支开殷大娘，直说抱歉给警察添了乱，还说不用警察操心，自己会处理。

小马用老徐留的钥匙回了302，屋子里冷冷清清的，还残留了一丝血腥味儿，仿佛一只从里到外生满锈的铁匣子。

小马的汗毛根根竖起，想着如果自己像安红似的每天被锁在这屋子里，该如何自处呢？

这时，大屋的电话突然响了，是从小卖部打来的。电话那头传来老丁急促的声音："小马，你马上去301敲敲门，那户，应该住着个老大娘。"

"啊，我知道，我刚从301回来。"

"她要是腿脚方便，你最好带她下来一趟，我们在九号楼东边这儿。"

"出啥事儿了？"

"我们刚才……找到了她的狗……"

七点半

　　狗死了，正侧躺在雪地里，是一条小京巴。尸体是所里的女小赵发现的，看僵硬程度，已经死了有一段时间了。

　　老丁上前查看，狗的脖子上还拴着狗绳，四只爪子上穿着红绿相间的小鞋，顺子一眼就认出来，这是咬伤他女儿的那条狗——球球。狗尸的不远处就是一个水泥砌的毒饵站，狗很可能是误食了耗子药，中毒而死。

　　谁都没想到，找了一圈，孩子没找到，却找到了一具狗尸……

　　和小马一起来的是殷大娘的女儿张静。她请求警察帮忙处理狗尸，最好别让她妈看见，她妈视球球如命，她怕她妈一把年纪经受不住打击。老丁把狗尸的善后工作交给了小马，遣散了老徐的朋友们，准备自己带着所里的同事抓紧时间再仔仔细细将小区里搜查一遍。

　　接了任务的小马蹲下来，别着头，轻轻拍掉狗身上的雪，然后双手把狗捧起来，把狗绳缠好，一起放进了顺子用来装手电筒的塑料袋里。

　　这是他当警察以来第一次接触尸体。

　　小马带着塑料袋回到了302。他洗了把手，水槽的下水不畅，翻腾而上的水和小马的胃酸一样。小马的脑海中闪过了不祥的念头——他害怕失踪的小连也会落得这个下场，一想到这儿，后脖子上才落下不久的汗毛再次竖起。以前在小说中读到断头的尸体、细碎的尸块，他也从没害怕过，反而能更加激发他推理真相、破解诡计的斗志，可现在，单单一只小狗的尸体，就让他差点儿丢了一半的魂儿。

小说毕竟是小说，眼下却是真实的生命，死去的是刚才还在大娘口中活蹦乱跳的小狗，丢的，也是一个真实的孩子。

老丁领头的第二轮搜寻依旧一无所获，所有人脸上都露出失望又复杂的神情。

这次，是真的飘雪花了。看来，今晚还有一场雪。

北风吹得紧，呼啸着一把将老丁的心揪了起来——小连到底在哪儿呢？走失的孩子在冰天雪地里，真的挨得过今晚吗？

老丁让女小赵带着存有监控录像的 SD 卡先回所里，然后将剩下的人员编成两队，人手一张小连的照片，一队负责继续搜索小区周边地区，一队负责走访小区外围的商铺。安排妥当后，他和顺子一起回了小卖部，店里只剩下燕子一个人在看书。

"阳阳睡了。"燕子轻轻说道。

顺子点点头，一边往货架里面走一边说："不行你也去睡吧……"

"孩子找到了吗？"燕子关心地问。

老丁摇了摇头，指了指柜台后面，说来包烟。他扫了眼手表，已经快八点了。临街的小吃摊丝毫没受到下雪的影响，阵阵香味儿飘来，里面夹杂着炸臭豆腐和炸鸡架的味道，老丁探头一看，这俩摊位居然挨着，隔壁还有个卖炒焖子的。

自家老伴最爱吃焖子了。

老丁用小卖部的座机给老伴去了个电话，说今天来了个案子，自己今晚不回去了。

对面传来一声叹息，嘱咐老丁悠着些，要清楚地认识自己的年龄、自己的身体状况，千万别逞强。

老丁句句应允下来，撂了电话，从小卖部里买了些卤蛋和火腿肠，便从后门回到了楼内。踩亮感应灯，已经答应老伴戒烟的他还是摸出刚买的烟，迫不及待地点上了一根。带着温度的烟雾替代了哈气从老丁的嘴里吐出来。

明天开春，他准备提前退休，把所里副手的位置让出来。所里的年轻人多，升职的机会却屈指可数；再加上之前在医院工作的老伴染上过肺炎，痊愈后的身体也大不如前，现在退休在家，总催着自己回家陪她。

这个案子，该是自己退休前最后一个了吧。

风肆无忌惮地盘旋着，每多转一圈，就更冷一分，小雪越飘越大，在路灯的照射下摇晃着落地，犹如一片片细碎的鹅毛。

老丁这才发现，楼门口对面的空地上，居然堆着个小雪人，远远望去，就像个五六岁的小孩儿。

大概是今早下雪时堆的吧。老丁苦涩一笑，把抽了一半的烟撵灭在楼道墙上，走出楼门抬头向上望去，发现好几户的灯都亮着。

或许，小连并非自己打开房门走出去的。儿童失踪案，熟人诱拐占的比重不小。看来，调查是时候换个方向了。

第三章

五个女人（二）

二丫头

小翠儿

大凤儿

沈君华

晓丹

二丫头

一九九七年。

好几个月了，二丫头宿舍里装卫生巾的小柜子还和从前一样满满当当的。

为了掩盖日益凸起的小肚子，二丫头整日裹着宽大的校服外套，尽管夏天已经到了，她热得顺脖子淌汗，但还是坚持穿着外套。

只有一个目的，她想顺利挨到高考。

可时间仿佛变成了雨后走廊外爬过的蜗牛，步伐懒散，越走越慢，身体的变化与不适让她的记忆力越来越跟不上意志力，知识仿佛变成了那条湿漉漉的黏液，蜿蜒着留在了她的身后。

成绩下滑得厉害，频繁下发的成绩单上，每一科的分数彼此默契地携手跌到新低。晚自习上，睡眼蒙眬中，二丫头总会梦到几个月前那个周末的早晨。

糟了，是不是来事儿了？

二丫头觉得内裤里湿漉漉的，小肚子还坠坠地痛。她腾地坐起来，发现自己正坐在一张陌生的大床上，床单是白色的，被单也是白色的。

这里是哪儿？

啊，是二龙家，昨天自己来他家吃肯德基来着。她还见到了二龙他姐、二龙他爸，还有他爸的朋友。

指甲缝里还隐约留着炸鸡油腻的香味儿，二丫头揉揉眼睛，起身准备下床。这时，她突然注意到自己校服上衣的下摆居然散在裤子外面。高一的时候，为了省钱，她的校服定大了好几号，即使到了高三，上衣依旧很大，所以每次她都会把下摆掖进裤子里面。

是因为这样所以着凉来事儿了吗？但愿不是。不然就把别人干净的床弄脏了。

二丫头掀开被子，用手撑着抬起屁股，下面的床单依旧雪白。太好了，二丫头窃喜着抿了一下嘴。

但她不知道的是，昨天晚上，雪白的床单确实被弄脏了，只是在她醒来之前，有人提前换上了崭新的床单，仿佛一切都没有发生过。

"醒醒，自习都结束了，你怎么还睡呢！"同桌不耐烦地把二丫头摇醒，这已经不是二丫头第一次在教室里睡着了。

谣言四起，班里的人都议论纷纷。

"你最近怎么总是犯困，该不会是半夜躲在宿舍背着我们偷偷学习吧！"

"也不知道都在偷学些什么，成绩倒是越来越差了。"

"该不会是因为二龙转学了，所以你犯了相思病吧！"

起初，大家的谣言还是指向不明的玩笑话，后来，谣言发育出了具体的形状，并且迅速生长。因为大家发现，二丫头不对劲。

"你穿个外套不热吗？"

"你不洗澡的吗？大夏天的，身上都馊了，是没钱去浴池冲凉吗？"

"你怎么上课总去厕所啊？"

后来，在办公室里，好事的老师们你一言我一语地说出了一直藏在心里的疑问：二丫头该不会是怀孕了吧！

从此，谣言长出了鼻子和眼睛，老师和同学们齐齐盯着二丫头的肚子，话题也变成了：到底谁是孩子爸呢？

"这还用问吗？肯定是二龙啊！不然他为啥无缘无故地突然转学呢！"

"二龙，就那哑巴，我可不信。"

"她不会是招惹上什么不三不四的男人了吧？"

"听说，她妈就不是什么正经人，刚生了她就和人跑了呢！"

后来，人们渐渐把这事儿忘了，因为孙校长评上了乡里的先进代表，整个学校都跟着沾了光。崭新的桌椅、电动的旗杆、铺满了花的花坛……校长心情大好，他站在学校新修的主席台上，手舞足蹈地说要评选一批三好学生，还要亲自颁发奖状。

出乎所有人意料，成绩一落千丈的二丫头居然成了三好学生中的一员。不过这之后不久就传来了二丫头退学的消息。

回到家的二丫头依旧泡在各式各样的谣言里，她的手脚、肚子，也在村里男女老少的污言秽语中不停膨胀。

二丫头强装镇定地把自己关在房间里看书，可村里的谣言比学校里发酵得还要凶猛，直到乡长老金到访才平息了谣言。

为了低调，老金去村里的事儿谁也没告诉，因为他想亲眼见见二丫头的肚子。他事先让刚子来踩过点，所以认得路。

那天一大清早刚下了雨，村头的土路特别泥泞，毁了老金的新皮鞋。送礼的人说，这是意大利的手工皮鞋，又软又结实。老金心想，意大利老爷们儿几个月的心血，也干不过贫困村村口的黄稀泥。

刚进村不久，老金就停在了一个破院子前，院里的屋子亮着灯。他面露难色，清了清嗓子，推开了小院的木门。院里乱糟糟的，没养狗，只散养着几只小母鸡，地上晒着苞米粒。

二丫头想不太起来那天的情景了，她只记得她奶满脸笑容地接过一个厚厚的牛皮纸信封，那个满脸胡楂的老男人还隔着门上的玻璃和她挥了挥手，转头和她奶承诺等孩子生下来就接娘俩去乡里。她认得那个老男人，是二龙的爸爸。

老金走了后，村里人的态度有了一百八十度大转弯。何老五带着村里人把她家的门槛都要踏破了。李婶更是天天都来，鸡蛋鸭蛋不要钱似的往她家里送，还说连产婆都给找好了，就是当年接生了二丫头的麻姑。

李婶的话就像二丫头复读机里不断重复的句子，每天都响在耳边：

"老太太呀，你这是美梦成真了！"

"老太太呀，二丫头这是好福气呀！"

"老太太呀，二丫头这肚子可越来越大了！"

"老太太呀，二丫头这肚子扁，瞅着咋像个女娃呢？"

"老太太呀，女孩儿也行，就是别随了孩儿他爸也是个哑巴就行。"

高考前倒数的日子正赶上二丫头怀孕的后期。她每天都过得很辛苦，那个夏天，村里的太阳好像比城里的太阳烫上好几倍，每天都炙烤着二丫头，把她无法参加高考的心情一点点烤化，化成一摊不成形状的稀泥，淌进村头的臭水沟里。而比太阳更毒的，是人们嘴皮子里泛白的唾沫，一点点把她淹没。

她听过麻姑和奶奶打唠，麻姑说自己当了多少年的接生婆，眼睛毒得很，当年二丫头她妈愣是不信，非要去省城照那什么B超，结果真就和大家猜的一样，怀的是个赔钱货。哎哟，你说她要当时把孩子打了，再怀个大胖小子，还能有后来这些事儿吗？不过啊，头上三尺有神仙，啥人有啥福，你这老太太啊，因祸得福喽，等二丫头的孩子生下来，你也可以跟着去乡里享福……

肚子里的小人儿还嘴似的开始踢自己了，二丫头越发想念妈妈了。

她闭上眼睛，在幽暗的记忆中寻找妈妈的模样；她也时常照镜子，因为大家都说，她和妈妈很像……她决定把孩子生下来，就像当初妈妈生下她。但不一样的是，她绝不会像妈妈那样抛弃自己的孩子。她会带着孩子离开这里，不是去乡里，也不是去找二龙，而是去一个没有人认识她的地方重新开始。

对，还是去省城，目的地一样，只是这一次，她不再是单枪匹马。

太阳爬到天空的最高处，奶奶弓着背在院子里剁菜喂鸡，侧躺在炕上的二丫头用胳膊肘撑着，艰难地翻了个身。炕上的木柜门突然弹开，二丫头瞥见，在棉被的最底下，掖着那个厚厚的牛皮纸信封。

小翠儿

一九九八年，刚开学。

周末，室友叫小翠儿一起到图书馆占座，可小翠儿说自己要去看电影。室友们都围到小翠儿的下铺边起哄，大胆揣测到底是谁拍响了小翠儿的巴掌。

小翠儿红着脸轰开众人，说就是去看个电影。

不一会儿，寝室楼下停着的一辆进口轿车，接走了打扮精致的小翠儿。开车的不是别人，正是刚子。

刚子念完初中就辍学了，在老金身边的这几年，也和不少女人处过，但和小翠儿这种女大学生出去，还是破天荒头一回。小翠儿长得清秀，又是何老五的闺女，所以第一次见面的时候，刚子很收敛。虽然说区区一个何老五自己并非惹不起，但他不想给老金惹麻烦。

小翠儿第一次打电话找他的时候，是这学期刚开学的时候。刚子自己也很吃惊，小翠儿居然要约他去街上逛逛，用的理由是自己光顾着念书，从来没好好逛逛省城。

借着香港回归的热乎劲儿，最近很多电影院开始放映港片。正好，老金给了他几张电影院的招待券。刚子觉得，不如就去看电影吧，和大学生约会，是该去点文雅的地方。

刚子想看《古惑仔》，可小翠儿想看《倩女幽魂》，刚子说他怕鬼，小翠儿笑了笑，捋了捋自己的麻花辫，点点头说那去见识一下黑社会吧。散场出来，小翠儿说自己不太喜欢那样打打杀杀的生活，可刚子却满眼的兴奋与崇拜。后来，他俩又去甘露饺子馆吃了顿饺子，然后刚子才送小翠儿回寝室。

可小翠儿心里一直有一个蚊子包，不痛不痒却一直不消。这蚊子包，便是二丫头。她总觉得，二丫头肚子里的孩子，和刚子有关，可她一个大姑娘，又不好直接问出口。

于是，她给刚子去了个电话。

电话里，小翠儿得知了事情的真相——二丫头肚子里的孩子不是他的，不是金乡长的，也不是金乡长儿子的，至于到底是谁的，刚子没有细说，小翠儿也没再细问。

她想要的答案没那么多，只要这孩子和刚子没有瓜葛，自己便心满意足了。

就这样，小翠儿怀揣着初恋的甜蜜，回了村里过国庆节。

"不行！我说不行就是不行！"何老五绷直了脖子，提高了音调，自打媳妇死了，他还是第一次和小翠儿发这么大的火。

"我已经大了，我的事儿不用你管。我的东西，你也别乱动。"小翠儿夺过何老五手上的电影票根和信，一股脑儿地塞回书包的夹层里。

"我不管你谁管你？你这是往火坑里跳你知不知道？"

"我觉得刚子挺好的，见过世面，说话也幽默，就因为他是个司机，没有文凭，你就戴着有色眼镜看他吗？"

"他要只是个司机就好了，我告诉你，趁早和他断了，别说我没……"

何老五的话还没说完，小翠儿就摔门回了屋。他气得满脸通红，感觉怒火直冲天灵盖。他太清楚刚子是啥样的人了，也知道他背后的老金是什么人。光是村里二丫头怀孕的事儿，每每想起来，就让他觉得不寒而栗。所以，就算是拼了老命，也得让闺女和刚子一刀两断。

幸好，他发现得及时，他俩也就出去看了电影，通了几封信，只要现在断了，一切就都还来得及。

第二天，何老五起早在大集上给小翠儿买了她爱吃的酸菜馅儿包子和渣子粥，可等他回来，小翠儿已经背着书包走了。

何老五怎么也没想到，父女俩再见面，是学期结束的时候。

那天下了雪，何老五开着自己的小车去接小翠儿，路上滑，何老五足足开了四个点才到。

和寝室的宿管大娘打了个招呼，何老五上了六楼。寝室的人都走了，小翠儿一个人坐在空床板上，旁边放着收拾好的行李箱和铺盖卷儿。小翠儿比上次见面时瘦了好多，整个人都脱相了，何老五的鼻子一酸，叹口气问："室友们都走了啊？"

小翠儿点了点头，把铺盖卷儿递给何老五。

何老五接过来扛在肩膀上，问小翠儿，这玩意儿咋也拿走？

小翠儿没吱声，拖着箱子，回身锁了门。到了一楼，小翠儿把钥匙给了门口的大娘。

上了车，何老五半天没打着火。

何老五问小翠儿，怎么把宿舍钥匙给还了？

小翠儿紧了紧围脖，只说开暖风吧，太冷了。

车开到半道，何老五越想越不对劲儿，但他却不知道怎么开口问。

过了高速收费口，小翠儿先开了口，她说自己打算退学了。

何老五下意识想去踩刹车，但此时正在高速上，只能挂了挡，一路向前。

半天，他颤抖地抓紧方向盘，问小翠儿为啥。

小翠儿说自己怀了孩子，是掉了才发现怀了的。班里同学都知道了，有些外班的也知道了，学校怕影响不好，老师让她主动退学。正好，自己也没脸继续念了。

半晌，何老五都没说话，回过神只问小翠儿，孩子是不是刚子的？

小翠儿说了是，但这种事儿和谈恋爱一样，一个巴掌拍不响。

何老五说，怪我，怪我。

小翠儿说，爸，我错了。

何老五摇摇头，说没事儿，丫头，没事儿。退学吧，退学好，你不知道，现在大学生也找不到工作，不念了，有爸呢。啊，对了，爸也不干了，你知道吗？哈哈哈，你说我们父女俩，多有默契，那叫啥，叫啥一点通？

小翠儿问，爸，你为啥不干了？

何老五摇摇头，说是乡里的指示，还说提前退休也挺好，自己老了，有点干不动了。退休好，退休了在家养养花、养养草、喂喂鸡和大鹅，没事儿去村头新修的塘子里钓钓鱼，多好。这下好了，你也回家陪我了，咱爷俩一起，比什么都强。

车里陷入了沉默，小翠儿知道，老何哭了。她撇过脸，哈气落在窗户上，白了一小团。

雪又下了起来，不大，但却不知道什么时候能停。白茫茫的

高速路，看不到尽头，拐过一个弯，前面还有一段路，再拐过一个弯，前面还有一个弯……

　　车里的暖风嗡嗡作响，小翠儿的脑海里却一直回荡着刚子那句话："你这孩子没了挺好。"

　　小翠儿追问他为啥。

　　刚子只回了一句："你以为你是二丫头吗？"

沈君华

一九九九年，秋。

晨雾四起，远处的出租车看不清到底拉没拉客。

站在翡翠园小区门口，沈君华一手提着小罗的书包，一手招手拦着出租车，可路过的没一辆停下来。开学的日子，打车总是异常困难。

快来不及了，沈君华低头看了眼手表，早知道，就该让妈骑车去送小罗的。可这是小罗上小学的第一天，她不想错过。

吴辉考了驾照，用她的车练手，这一练把保险杠给撞坏了，只好送去修理厂，所以自己现在只能打车。

正着急，皮包里的手机振了。

手机是老罗从深圳买回来的，说是有了手机，就能随时和小罗还有丈母娘通电话了。但是，有了手机的这半年，老罗打来的次数一个手就数得过来。

穿着崭新校服的小罗有模有样。此时，他正坐在小区门口的小石柱上，用力地掰弄着手中的奥特曼，这是老罗从日本出差带回来给他的生日礼物。

"乖啊，你先自己玩！妈妈接个电话。"听到电话那头传来吴辉的声音，沈君华背过身去。

"是爸爸吗？是爸爸来电话了吗？"小罗看到妈妈拿着手机，

兴奋地比画着。

"嘘，不是爸爸，是妈妈的同事，乖，你先自己玩啊！"看着小罗低着头坐回石柱上，沈君华刻意走开一小段距离。

她不想小罗听到自己和吴辉的电话。

吴辉毕业了，但一直没找到好工作。吴辉老家是外省的，凭他的本事在镇上找个化工所之类的地方做技术员，不是难事。但要是想留在省城，能选择的余地就少得可怜。吴辉不甘心，他希望沈君华能动用点关系，看看在省城还有没有更好的机会。

为此，两人吵了好几架。

吴辉说，自己想留在省城，也是为了沈君华。而且之前保研的名额，沈君华没为自己争取到，所以这一次一定得帮自己。

面对吴辉的请求，沈君华有些为难。她在院里的人际关系一般，对于人情世故向来一窍不通。她觉得，自己把学生教好，把学术做好，其他的都不重要。而且自己若是插手帮了吴辉，难保院里没有风言风语，之前保研是，现在找工作也是。

"我妈要来省城看我，顺便聊聊工作的事儿，最重要的是想见见你。"

"我们的事儿，你告诉你妈了？"

"不然，我没有不回老家上班的理由啊。"

"你怎么说的？"

"我没说你是我老师，放心。"

沈君华沉默了两秒，问了句："你妈什么时候到？"

"明后天吧，到时候一起吃个饭？"

沈君华慌了，因为她不仅是吴辉的老师，还是个已婚的女人，同时还有个六岁的儿子。

七点了，翡翠园门口的小广场上，秧歌队的大爷大妈们穿红戴绿，准时开始敲锣打鼓。沈君华歪着脑袋，想尽力听清楚吴辉的话。

　　一辆打着双闪的空车从远处开过来，沈君华焦急地招招手，冲着电话里说："小辉，我这边太吵了，听不清你说话，等我待会儿到学校，我俩……"

　　可她的话还没说完，刚才还在百米开外的出租车就如同一只猛兽，冲着她和小罗的方向直直地冲过来。

　　喇叭的嘶鸣和一阵阵吼叫声一下子撕开了清晨的雾气，就在自己的不远处，碰撞出一声震天巨响……而小罗怀里那个一身红衣的奥特曼，如同活过来一样一飞冲天，然后不管不顾地穿过重重晨雾，将四肢摔落各处。

晓丹

千禧年后，所有人的生活节奏都变快了。

和大茂一起去了三次卡拉 OK 后，晓丹直截了当地问大茂愿不愿意娶她。

大茂吃了一惊，看着晓丹真诚的眼神，大茂说，求婚这事儿，应该是老爷们儿开口。

隔天的周五晚上，大茂没出车，因为要和晓丹的家里人碰个面，地点定在了铁西一家高档的海鲜酒楼。

进门的时候，大茂捏了捏口袋里的钱夹，紧张得手心冒汗。包房里有一张木质的大圆桌，大茂局促地坐在晓丹和她大姑中间。桌子的玻璃转盘很快被各色硬菜填满。经过亲戚们一轮问题轮番轰炸后，大茂从大家的表情中，看出了明晃晃的不满意。

首先是大茂高中没念完，其次大茂只是个开出租的，还有，大茂他爸是干装修的，他妈是个下岗工人。但是亲戚们的话欲言又止，脸上都还挂着笑。大家都心照不宣，因为要在短时间内把晓丹嫁出去，大茂是目前唯一的人选。

晓丹他爸带了两瓶茅台，自己先干了半杯之后，招呼着大茂多吃点菜。唯有晓丹的大姑，在知道大茂的生辰八字后，对大茂赞不绝口。

晓丹的大姑是个给人算命的，结婚的事儿，也是她的主意，为的是给晓丹他爷的病冲喜。

因为身体原因，下不了床的老爷子没来酒店，但给晓丹和大茂一人准备了一个大红包。红包鼓囊囊的，大茂掂在手里，心里的石头也落了地——这顿饭钱，有着落了。

吃过饭，婚事就算是定了。这之后的几个月，老爷子的身体居然真的变好了。趁热打铁，家里给晓丹和大茂办了婚礼。

婚礼找伴郎的时候，大茂想起了老徐。那时候，他焦头烂额地忙着办喜事儿，可老徐却在肇事后进了监狱。

老徐的家里只剩下一个老娘，大茂经常去照顾。为了帮自己的儿子付清赔偿款，老太太把自己住了一辈子的老房子卖了，搬到了郊区的破棚屋里。冬天雨夹雪，地上滑得要命。老太太起夜的时候，一下子栽倒在地，再也没起来。

葬礼是大茂张罗的，晓丹也跟着帮忙。可没想到，葬礼刚办完，晓丹爷爷的病居然恶化了。

大姑怪晓丹，说肯定是她在葬礼上招了不干净的东西，过给了老爷子。现在，只能让晓丹再办一回喜事儿，再冲一回喜。

可晓丹不明白，难道是要让自己离婚再结婚吗？

大姑摇摇头说不用，这事儿好办得很，你和大茂这么年轻，赶紧趁着身强体壮要个孩子，办个满月酒就成。

大茂没有意见，晓丹也是个没主意的。所以生孩子的事情，立马开展。可半年下来，晓丹的肚子一点动静都没有。家里人都说是大茂起早贪黑地开车，身体不行，可去医院一查才知道，原来是晓丹有问题，但问题不大，调理调理就行。

澡堂里，看见一位妈妈左手抓着孩子，右手拿着搓澡巾给孩子搓洗身子，晓丹居然有点羡慕。结婚这大半年，大茂对自己挺好，要是有个孩子，那就更好了。虽然表面上是为了给爷爷治病，但晓丹心里对要孩子这事儿并不排斥。大茂成天在外面开车，自己也没班上，在家带孩子，倒也算有个事儿干。

后背被人轻拍了两下，晓丹顺从地翻了个身。躺在旁边床上的大姑说，自己得多和有孩子的女人接触，沾点孩子气儿。

搓澡巾是新的，有点粗糙，摩擦感反复落在晓丹的大腿上，晓丹下意识地躲了一下。今天给自己搓澡的女人，是个生面孔，看着和自己差不多大。打湿的头发帘下面是一张清瘦的瓜子脸，皮包骨的身上只穿着一套黑色的内衣裤。

"搓完了。打个奶吗？"女人轻声问。

"打一个吧，要进口的奶膏。"晓丹说。

"好。"女人让晓丹冲了水再来。这时候，一个小男孩儿冲进了浴池，扑在了女人腿上。

女人面无表情，扯着男孩儿交给了收拖鞋的大姨。

再次躺回小床上，女人把整袋奶膏放到水龙头下用热水烫了烫，然后放在手心里化开，轻轻涂在了晓丹的背上。

女人没什么手劲儿，双手在晓丹身上温柔地游走，正好晓丹也不受力，觉得很舒服。晓丹索性跟女人唠了几句。原来，女人之前一直在洗脚城干活，才来这里搓澡没几天。男孩叫小连，家里没人看，只能带到这儿来。晓丹说，自己很喜欢孩子，但就是怀不上。女人说，这种事儿，急不得。

晓丹问女人叫什么名字，说下次来做奶浴，还找她。

女人笑了笑，说自己叫安红。

大凤儿

二〇〇一年，大凤儿和东亮办了酒席。

送走最后一拨客人，大凤儿终于得空去了趟厕所。坐在酒店厕所的塑料凳子上，大凤儿用拳头使劲敲打着小腿肚，无名指上，戴着个不大不小的金戒指。她驼着背，头上的发胶梆梆硬，脸上画着很浓的妆，神情疲惫。

没想到，办婚礼这么累人。

就那么愣了一会儿神，大凤儿听到东亮在厕所门帘外叫她的名字，还捎来了一双拖鞋。

"等会儿再换吧，你爸妈还在呢，穿拖鞋不合适。"大凤儿走出厕所后推托着。

"就剩我俩了，二姨陪爸妈先回去了，忙了一上午，老两口也累了。"

大凤儿换上了拖鞋，说想吃口饭。

东亮说，走吧，去点几个硬菜。

"找一桌还有剩菜的，对付一口得了。刚才敬酒，我就相中那个酱肘子了。"

"肘子早没了，剩的也早就被打包走了。"

服务员已经在撤桌子了，刚才还热闹的婚宴大厅，冷清得仿佛换了个地方。酒席请的客人不多，多半是东亮那边的，大凤儿这边，只叫了当时帮忙牵线的领导和同部门的几个同事。

领证的时候，大凤儿给老金去了个电话。

老金没说别的，只说要给大凤儿一笔钱，还说要会会东亮，但都被大凤儿拒绝了。

办席的事儿，大凤儿自己做主没告诉老金。她从存折上提了钱，跟婆家说是爸爸打过来的陪嫁钱，装修和买家电用，爸爸在南方养病，过不来了。东亮自然知道大凤儿的心思，表示理解之后，婆家人也没再细问。

大凤儿很知足，婆家人都是读过书的，通情达理，东亮也为人正直，老实体贴，自己终于可以开始一段新的人生了。

东亮打包了一份三鲜馅儿饺子、一份熘肉段还有一份酱肘子，准备回家吃。这时，大凤儿看到酒店转门处杵着个人，正笑着跟她招手。大凤儿愣在原地，只觉得胃里一阵抽搐，不是因为饿，而是因为那个人是二龙。

二龙长个儿了，头发也长了，脸上的孩子气在胡楂的衬托下所剩无几。他从斜挎的布包里拿出一个红包，递给大凤儿，用手语比画着新婚快乐。大凤儿僵硬地接过红包，一时竟不知道说些什么好。

东亮看到了二龙，不知道手语怎么比画，只好竖起了大拇指，说："你就是二龙吧。"

二龙点点头，继续比画着新婚快乐几个字。见东亮不懂，二龙用手指了指大凤儿，又指了指东亮，然后笨拙地比了一个爱心。

转门转起来沉得要命，玻璃上满是污渍和划痕。二龙在里面绕了大半圈才终于走了出去。语凝了半晌，大凤儿起身追了出去。她想把红包塞回给二龙，可二龙没同意。

钱不多，姐别嫌弃。

大凤儿把泪水噙在眼底，问二龙："这几年，你去哪儿了？"

二龙摇摇头，比画说自己过得挺好。

大凤儿问二龙都在忙什么，为啥不回家。

二龙说，自己一直在找人。

大凤儿问他在找谁。

二龙摇摇头，比画说等找到再说吧。他咧嘴露出一个笑，露出嘴角的酒窝儿，摆摆手让大凤儿快回去。

看着二龙离开的背影，大凤儿觉得喉头仿佛被无尽的回忆哽住了。

她跑了两步，拽住二龙，告诉他一个地址，那是自己新房的地址。二龙点点头，比画说自己记下了。大凤儿说，有空就过来看看，实在不行，写信也成。

二龙笑了，用手做出写字的姿势。蓦地，大凤儿的泪奔出眼眶，一束阳光坠向心底，击穿了她内心封冻已久的一块陈冰。

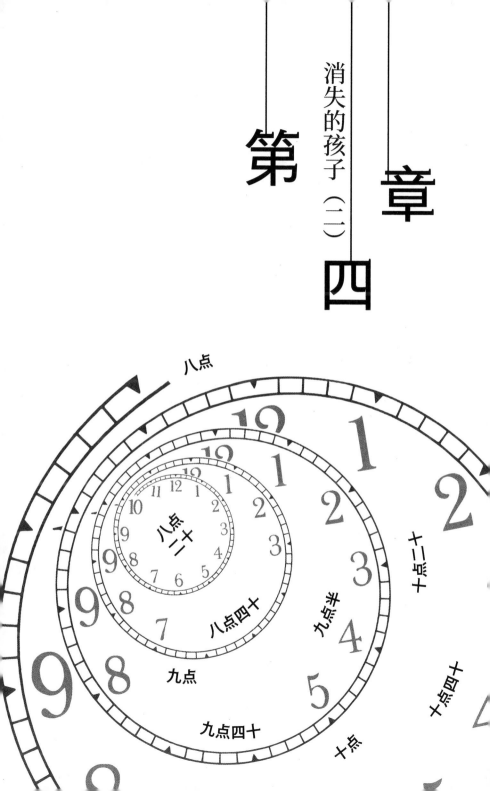

第四章

消失的孩子（二）

八点

折腾半天，除了一具狗尸，他们一无所获。

大茂耷拉着脑袋，跟在老徐屁股后头下了楼。俩人在楼洞口踩亮感应灯，相对无言地抽起了烟。

烟雾缭绕中，老徐开了口，晓丹一个人守在医院能行吗，她不是刚怀上孩子吗？

大茂吐了个烟圈，说没事儿，放心吧。

老徐拍了拍大茂的肩膀，挤出一句，麻烦你俩了。

大茂咳了一声，不再吱声，继续抽烟。

老徐说，你老丈人不是不让你抽吗？

大茂说，在他面前我从来不抽。

302的客厅里只剩下老丁和小马，一老一少都有些泄气。

老丁熟练地用嘴咬开香肠尾端的包装，顺着小口撕下一细条塑料皮，俩手那么一挤，半截儿香肠一下子跌进嘴里。

"来一根吗？"

"不要了……"

"抓紧垫一口好行动，今晚，是场硬仗！"

小马摆了摆手，坦言自己胃不太舒服。

知道小马刚收拾完狗尸，老丁从塑料袋里掏了瓶矿泉水递给了小马，自己又撕开了一个卤蛋，说道："今晚估计回不了家了，给你媳妇去电话了吗？"

"还没呢……"

"抓紧跟家属汇报情况啊，她情况特殊，别到时候生气了又赖在我头上。"

"知道了！对了，你不觉得老徐这人说话遮遮掩掩的，很有问题吗？"小马话音刚落，手机就响了，接了电话，他掏出本子，以极快的速度记录着。

"头儿，女小赵查到的新线索。"挂了电话，小马压低声音，把老徐的情况复述给老丁听——

徐伟，三十五岁，出租车司机，父母多年前离异，他一直跟母亲生活。一九九九年的时候，他意外撞死了一名儿童，被判了三年。徐母在两年前过世，那时徐伟还在狱中。这间房子原是徐母的，曾经卖了用于支付受害者家属赔偿金，半年多以前，出狱的徐伟搬回了这里，不过只是租户。

当年的受害人叫罗小雨，死亡时只有六岁，据说徐伟出事儿前是全市的模范司机，因为他多年一直自愿接送高考考生，还被晨报在头版上报道过。所以当时这案子，坊间又称"模范司机杀人案"。

"我想起来了，当时死者母亲闹得挺凶。车祸原因是什么来着？"

"那天有雾，司机车速过快。另外，没有在户籍系统里找到安红和小连的信息。名字相同的有，但核查后发现都不是我们要找的人。"

"看来……我们和老徐，得好好聊聊了。"

"还有一个疑点。隔壁 301 的殷大娘曾见过陌生男人来敲 302 的房门，还不止一次。"小马说。

"陌生男人？是找老徐的，还是找安红的？"老丁问道。

"这个暂时不清楚。不过，结合目前的情况来看，这起失踪案越来越不简单了。之前咱们的推断有两种，一种是小连自己打开房门出走，另一种是被熟人诱导开门然后遭遇绑架。如果是第二种，那么那个陌生男人的嫌疑最大。你说这个男人的身份……会不会是……"小马顿了顿。

"小连的生父？"老丁话语中带着犹豫。

"还有一种可能，说到父亲……你说……会不会是老徐当年肇事撞死的那个孩子的……"小马的话不必说完，老丁已经明白他的意思。

"若男人是小罗的父亲，那么就不是熟人诱拐了，而是一起带着复仇性质的绑架案件了。可要是绑架，咋到现在都没有任何索要赎金或者提出要求的电话打来呢？还有，安红的割腕也到处透露着诡异。这不对劲儿！对了，女小赵说没说监控视频咋样了？"

"所里的人大都来这边找人了，监控视频还没来得及看呢。你觉得视频里能有小连的线索？"

"难说，监控探头前段时间被人破坏了，不知道有没有录到有用的线索。"

"被人破坏？"

"对，而且是一个右手满手文身的男人。"

"文身男？你说……这个敲门的男人和破坏监控的男人，会不会是同一个人呢？"

小马在笔记本上写了"有待确认"四个大字。

"但好消息是这个小区只有北门一个门可以进出。啊，对了，我去小卖部问话的时候，店主夫妻俩提到隔壁的殷大娘很喜欢偷摸儿领小区里别家的孩子回家玩儿，尤其是男孩儿。现在不能排除邻居作案的可能性，我想趁着时间还不算太晚，咱俩快速走访一下楼内的居民……尤其是那个殷大娘。"

"好！正好问问她那敲门的男人，手上有没有文身……啊，对了，那狗的事儿……"

"先按她女儿说的瞒着吧，不过那条狗，死得怎么那么巧呢！"

"巧？"

"没错！按照顺子，就是那个小卖部老板的说法，殷大娘的那条狗经常吠叫，楼道里只要一过人，就会叫个不停。可就在小连失踪的不久前，狗突然丢了……这样，你先去敲敲303的门，离得这么近，万一能提供一些线索呢。我刚才在楼下看那户亮着灯，楼上也有几户还没睡，等我问完那个殷大娘再去转转。"

这时，老徐和大茂满身烟味儿地进了屋。老徐说，他想去打印店印上几百份寻人启事，到处发一发，贴一贴，再让的哥弟兄们放在车里，说不定会有用。

老丁和小马表示同意后，老徐便拽着大茂下楼忙活去了。

八点二十

小马敲了很长时间，才敲开303的房门。等待的间隙，小马瞅见了303大门左侧墙壁上挂着的两个报箱。报箱都是晨报的，红色，上面那个用马克笔写着302，下面那个写着303。

奇怪，303的报箱为啥要装这么矮？

"不会睡了吧？"小马嘀咕着，又重重地敲了两下，还是没有人开门。小马刚想放弃，门开了。

门开的一瞬间，小马向后闪了一步，因为303的门轴在右边。

屋主是一个身材偏胖的眼镜男，皮肤发红，两腮挤满痘印。他穿着跨栏儿背心儿和宽大的布裤子，耳朵上罩着个头戴式耳机，左胳肢窝下面，还撑着一支拐。

屋子是个单间，进门的地方堆满了纸壳箱子，很难下脚。迈过纸箱往里走，小马吓了一跳，地上全是人体模特的胳膊、腿和假发。眼镜男说自己是专门给服装店修补旧模特的，最近赶工，家里乱。

小马亮出了证件，说明了来意。眼镜男点了点头，请小马坐到沙发上，自己则摘掉耳机，坐到了餐桌前的凳子上。

"我简单问几个问题，你如实回答就行。"

眼镜男名叫周磊，三十六岁，平时几乎不出门。他习惯晚上干活，白天睡觉，因此今天凌晨，他一直在家工作。

屋子的暖气比老徐和殷大娘家都要热，几个问题问下来，小马热得一身汗。小马注意到，周磊有台电脑，屏幕上此时是蜘蛛纸牌的游戏，电脑旁边还有一摞信封。

"你见过隔壁302家的孩子吗？一个男孩儿，叫小连，今年五六岁。"

"我不知道他家有孩子。"周磊应了一句，漠不关心地推了推鼻梁上的眼镜，"我半时不咋出门。"

"楼里的邻居你都不认识？"

"认识几个老邻居……"

"301养了条狗，你知道吧？"

"这我知道，那狗成天叫个没完。不过最近几天好像没听到狗叫了。"

"麻烦问一下，你的腿怎么了？"

"摔了一下，没啥大事儿。"

"咋摔的？"

"给……给楼道换感应灯的时候摔的。"

对于不常出门的人来说，摔了腿这件事儿有些怪。另外，不出门的人，会关心感应灯亮不亮吗？

"是为了修二楼那个感应灯吗？"

"对。"

"但我看那灯现在还是坏的啊？"

"修了一次，好了几天，后来又坏了。这种事儿还是交给电工师傅弄吧！"

小马点点头，挤出一句"这样啊"之后继续问："你平时修补模特，都咋修啊？"

"拆东墙补西墙，这个的胳膊坏了，那个的腿坏了，拼一拼，总能拼出副好的。还有的脸上眉毛磨没了，嘴唇掉色了，我就补补妆。"

"这两天，你有遇见什么奇怪的事儿吗？啥都算上。"

"没有。我说了，我几乎不出门的。"周磊微微一笑，回答得很干脆。

问了半天，小马的速记本上仍然空空如也，没啥有用的信息。但是小马不信邪，就算再怎么不爱出门，一个人住总要出门买东西、丢垃圾吧，就真的一次都没碰到过自己的邻居？

"你在这儿住几年了啊？"

"我刚搬来没几年。"

"房子是租的吗？"

"房子是我妈的。她死了之后，我就搬进来了。要是她没死，或许你可以问问她，这楼里的住户，她都熟。"

小马的目光落在电脑旁边的相框上，相框里是一张晒褪色的老照片，照片上是两个搂在一起的年轻女人，她们脸上都洋溢着灿烂的笑容，左边的那个女人眉眼和周磊长得有些相像。

"那是你母亲？"小马指了指相框。

"是啊。"

"另一个呢？"

"是我姨。"

"你母亲去世后，你一直是一个人住？"

"嗯。"

"那你平时做饭吗？"小马踱步到厨房门口，发现里面的调味料一应俱全，而且油烟机下面的瓷砖上还有很多淡黄色的油渍。

"在学。"

"哦，有女朋友吗？"

"这和失踪案有关系吗？"

"随便问问。"小马抿嘴一笑，丝毫没有被反问的尴尬，"我看你桌子上放着挺多邮票的，你平时经常写信？"

"不是，我平时会给客户邮寄账单什么的。"周磊推了推眼镜，答道。

接下来，小马又问了一些问题，周磊也都一一回答了，但始终没有什么有用的线索。

"好，那谢谢你的配合，早点休息吧。"

送走了警察，周磊长出了一口气。他把桌子上的邮票收了起来，望了望那张合照，想起了郑姨。

郑姨是母亲多年的好友，这事儿周磊还是在母亲的葬礼上知道的。

殡仪馆内，来吊唁的亲朋好友不多，个个都很平静，只有郑姨哭成了泪人。

郑姨临走前，给了周磊那张合照，合照放在木相框里，框上雕着栩栩如生的百合花。

母亲与父亲的感情不好，印象中的母亲总是被父亲打得又喊又叫，从未像照片上那样肆无忌惮地笑过。

八点四十

303 的房门在身后关闭，一个人杵在昏暗的楼道里，小马莫名其妙地觉得失落，但又觉得自己有点矫情。

门外发生的一切对于这个好似与世隔绝的眼镜男来说，又有什么意义呢？

旧时亲密的邻里关系正逐渐被新的时代抛弃，如今的邻居，只是被迫共享着同一面混凝土墙壁的陌生人罢了。

这时，感应灯仿佛感到疲惫般地灭了，楼道陷入黑暗，下方楼梯处传来了阵阵跺脚和咳嗽声……

迎面走上来个清瘦的女孩儿，罩着臃肿的羽绒服，扎着马尾辫，见到站在三楼的小马跟跄了下，喊了一声："我的妈，吓死人了！"

小马退后两步，说了两句"不好意思"。

女孩儿没理他，只把单肩帆布包往肩膀上挪了挪，夹紧胳膊，快步走过小马面前继续往楼上走。

"等一下，请问你是楼里的住户吗？"小马看着女孩儿的背影叫道。

女孩儿此时已走到缓步台的位置，她停住脚步，扭头问小马："你谁啊？"

"我是这片儿的民警。"小马走上缓步台，掏出证件亮给女孩儿看。女孩儿顺势从小马手里拿走了证件，正正反反地，看得很仔细。

"你们派出所在哪儿？二环桥下那个吗？"女孩儿问。

"对，就那个。"

"哦，我去那里办过身份证。"女孩儿点了点头，把证件还给了小马。

"是有个案子想请你配合下调查。"

"什么案子啊？我很忙，而且这大晚上的你也太吓人了。"

"就问几个问题，不会耽误你很久。"

"行吧。"女孩儿犹豫了一下之后点了点头，上下打量了小马一番，问，"到底是什么案子啊？"

小马简单交代了一下情况，女孩儿却神神秘秘地说："找孩子这事儿，直接去问 301 的老太婆不就得了吗？"

看来，女孩儿认识殷大娘。

女孩儿住在 502，顶楼中间那户。

女孩儿进门后开了灯，把帆布包里的书拿出来放在鞋柜上，然后把包挂在门后的挂钩上，才换上了拖鞋。

等小马也换上拖鞋进了屋，女孩儿拖来个取暖用的"小太阳"。

不知道是不是顶楼的缘故，屋里很冷，很多墙皮都有脱落的迹象，有一些甚至已经掉到了仿木纹的地板上。她家里的格局和老徐家差不多，家具虽简陋，但布置上一看就是女孩子的房间。桌子上有粉色的假花和水杯，进门处铺着浅蓝色地垫，餐桌背景墙上还挂着一串此刻并没有点亮的星星灯。

"我叫李慧，二十三岁，现在在省城上学。"

小马在本子上记录完后，开口问道："你刚说你很忙，是开始实习了吗？"

"不是，我在备考，打算考研。"

"你每天都这个时间回来吗？"

"不一定，看学习状态吧，今天效率挺高，所以回来得早。"

"房子是租的还是自己的？"

"租的，租了才半年不到。"

"怎么不住宿舍？"

"跟室友相处不来。但这房子太冷了，写字冻手，我就白天去学校图书馆蹭个暖气。"

"是啊。"小马也感觉到了，刚这么一会儿，他写字的手就在微微颤抖了，刚在 303 积攒的热气此时已经所剩无几，"听你刚才那话，是认识 301 的殷大娘？"

"她之前是我房东。"

"房东？"小马有点惊讶。

"你不知道？这栋楼里所有楼层的 1 号房，都是那个老太婆的。"

人不可貌相，殷大娘居然是个包租婆。

一提到殷大娘，李慧立即打开了话匣子："我本来租的是401，从老太婆的女儿手里租的，押金都交了，可这事儿愣是被老太婆给搅和黄了。她不想让她女儿搬走，说我要是租的话，只能租 501。我不想和她纠缠，就退了合同，找另一个房东租了这里。这间是个中间户，没那么冷，而且还是个套间，价格和老太婆的单间一样。我还想着考完研之后就把小屋转租出去，自己做个二房东。我跟你说，幸亏我当时没租 401，前一阵子那户还遭了贼呢。"

"发生了什么？"小马一听立刻来了精神。

"我知道的也不多，只知道那户被撬了锁，而且那个小偷别的不偷，专门偷女人的内衣裤。你说变不变态！"

"当时的 401 是谁在住？"

"就那老太婆的女儿，她家女儿其实还挺通情达理的，没想到遇上这种事儿，也够倒霉的……其实，我这顶楼住得也挺好，不然成天听老太婆的那条破狗叫唤，更闹心。连她女儿都不待见那条狗，我不在家学习也有这个原因，太吵，根本学不进去。不过挺奇怪，这几天都没听到狗叫声。对了，你刚刚说丢孩子的是哪户来着？"

"302。你对 302 的住户有什么印象吗？"

"三楼中间那户？是出租车司机他家吗？"见小马点点头，李慧继续道，"我有时候会在楼下碰见他，有几次正好也想打车，就问他去工业大学拉不拉，他说拉，我就这么坐过几回他的车。"

"那……你见过那家的孩子吗？五六岁的男孩儿，名字叫小连。"

"没见过。"

"你坐车的时候老徐也没提起过？"见女孩儿疑惑地挑了下眉毛，小马又补充道，"老徐就是那个出租车司机。"

"没有。他不怎么说话，一直都在听广播。"

"那你觉得老徐人咋样？"

"人咋样？我就见过他那么几次……"

"凭你感觉呢？"

"他虽然看着挺凶的，但实际上不凶。有一次我早上没吃饭，他还分了我个包子吃。"

"那你见过安红吗？和老徐住在一起的女人，年纪应该和你差不多。"

"没见过。"

"今天凌晨左右，你在家吗？"

"没在，昨晚我看预报有雪，就没回来，在学校住的……孩子是大半夜丢的？"

"嗯。"

"该不会有人贩子吧？"

"人贩子？"

"我看 301 那个老太婆就挺像的，我碰见过她好几次，每次她都领着不同的小男孩儿回家。"

"好几次吗？"

"是啊，那叫啥来着，小时候总说的，就在嘴边想不起来了。就是说手上有迷魂药，一拍你，你就着了道儿跟着走了，叫什么来着？"

"拍花子？"

"对对对！拍花子！我看，你们赶紧好好查查那个老太婆吧。"

九点

殷大娘打了个哈欠，她女儿张静也在一旁陪了一个。

"大娘，刚才说到你把阳阳领回家，然后呢？"老丁挠了挠后脑勺，指甲划过头皮的声音让他振作了几分，呼之欲出的哈欠憋回了肚子里。

"也没干啥，就给她打扮了一下，打上小背带，穿上小皮鞋，哎哟，穿上可俊了！你等着啊。"

说着，殷大娘不顾女儿的阻拦，用手撑着桌子起身，挪着步子进了卧室，埋头扎在衣柜里翻找起来。

"大娘，你干啥去？"

张静摆了摆手说没事儿，她妈是去拿她那些老古董了。

"你等我会儿……马上，马上……"大娘的声音听起来比刚才振奋许多。

半晌，大娘抱了个大布包袱从卧室里走出来，老丁忙上前去擎了一把，问了一句："这装的啥啊，不轻啊！"

"指定重啊，里头好几双小皮鞋呢，还有个纯牛皮的小书包呢，新的，从来没用过。"殷大娘笑起来，脸上的皱纹堆在一起。

老丁帮着把包袱抬到餐桌上，殷大娘自顾自地解开了上面的系扣，一个角一个角地掀开布包，里面整整齐齐地码放着很多男童的衣服，样式都很旧。最上面的是件西服料子的灰色小马甲，下面还有领口泛黄的白色衬衫、长筒的格子袜、背带短裤、夹棉的红色外套、对襟的小袄，缝隙里还塞着几双系带的小皮鞋，最下面还有个翻了边的牛皮斜挎书包，搭扣已经锈了。

殷大娘的手颤颤巍巍地抚过里面的衣物，皱纹舒展出慈祥的模样，说："瞅瞅，漂亮吧，这漂亮的衣裳就得给漂亮的孩子穿……阳阳多漂亮呀，那么短的头发，我还以为她是个男孩儿呢。不过不耽误，不耽误……"

"大娘，你这些衣服是……"

"这些衣裳都贵得很，花了老张很多钱呢。老张啊，哪儿都好，就爱瞎操心啊，一下子买了这么多，一天换一套也穿不完啊。"

"老张是？"

殷大娘没有回答，只是歪着头把衣服一件件拿起来在胸前比量着。

"是我爸。"张静开了口，"这些都是我爸之前……给我哥买的。"

"你还有个哥？"

"嗯，叫壮壮。不过，小时候被人贩子拐走了。"

"什么时候的事儿？"

"四五岁的时候吧。我妈拉着他去打麻酱，一手拿着玻璃瓶子，一手拉着他，掏粮票的工夫，我哥就丢了。最近，我妈睡不好，总念叨做梦梦见了我哥，从那之后，就让我多订一份牛奶，说我哥想家了，会认门回来喝。晚上还把开了封的牛奶瓶子放在房门口，说什么早上起来瓶子就空了，一定是我哥喝的，想也知道肯定是流浪猫狗喝的啊。唉，人老了，脑筋就成了一条能进不能出的走廊，一旦她走进去了，被那些念想困住了，任谁也叫不出来。"

殷大娘越发陶醉，仿佛一头栽进了回忆里，越陷越深，不能自拔。

老丁见状，赶紧抛出问题："大娘，你的狗把一楼小卖部家的闺女阳阳咬伤了，这事儿你知道吗？"

殷大娘突然清醒了似的眼睛一翻，冷笑着说："我知道啊！球球的脾气可大呢，真要是急了，连我都咬！"

张静瘪瘪嘴，无奈地说："妈，你快把这些收起来吧！"说着，她动手把衣服往包袱里胡乱塞。

"你别动，都乱了！我自己弄！"说着，殷大娘拎着包袱回了自己屋，不一会儿，屋里传出轻轻的呜咽声。

"警察同志，不好意思，自从我哥被拐，我妈……就有点不正常，所以才隔三岔五地把小区里的孩子领回家。其实，我妈她没有恶意，后来也都送那些孩子回家了。不过这次302孩子失踪的事儿，肯定和我妈没关系。"

张静交代说，她之前和老公就住在楼上的401，老公是跑大车的，不咋在家，她就在附近的工人村托儿所做饭。后来，托儿所租给补课班做场地被举报关停了，她就改到三台子那边的一家小饭桌干活，为了上班方便，已经把401租出去了。

现在她每周回来一次，给她妈包点饺子馄饨啥的冻在冰箱里吃。这次回来是为了给401换个锁，顺便收拾收拾屋子，迎接新租客。老实讲，她一直想把老太太接到三台子去住。自己来这儿一趟得坐小巴，路上折腾得要命。但无奈老太太死活不同意，说不仅自己住不惯别的房子，就连球球也住不惯。所以这事儿，就一直耽搁了。

"你认识隔壁 302 的老徐吧？"

"认识。我们年纪相仿，都在这片儿上的小学和初中，我妈和她妈也算旧相识。如果……没有那档子事儿，我说不定会嫁给老徐……"

老丁惊讶于二人还有这般渊源，但转念一想也觉得合理。俩人从小一起长大，又是邻居，母亲也交好，如果命运的齿轮没有在几年前卡住老徐的车，那么，自己也不会出现在这里，面对这桩焦头烂额的案子。

"老徐这个人挺实诚，人也上进，头些年开出租也不少挣，但我妈一直嫌他家穷……后来，他进去了几年，出来后没多久领回来一个年轻貌美的女人，但我没多久就搬走了，所以没怎么见过那女人和你说的那个孩子。"

"那……丢狗那天的情形，你能回忆下吗？"老丁压着嗓子说。

"丢狗那天……"张静皱着眉，思考了很久才继续开口道，"是这个月的十一号吧。那天中午我带我家猫回这边的诊所打疫苗，打完了，我就顺便上来看看。每次我带猫来，我妈都让我把球球绑到楼道的扶手杆上。"

"狗在外面待了多久？"

"没多久。我本来想给我妈包点饺子的，结果打开冰箱一看，上次包的还没吃完。后来，我妈说想看会儿电视，我就陪她看了一会儿。"

"什么时间发现狗不见的？"

"差不多三点多吧。我看时间差不多了该走了，一出门就发现狗不见了。"

"你们下楼找了吗？"

"找了，我去找的，哪儿哪儿都找了，楼里也没有，院里也没有。"

老丁压低声音说："我们刚才是在十号楼侧面的毒饵站找到狗尸体的，你当时去那里看过吗？"

"看过，院里我都走遍了。"

"你说，是你把狗拴在楼道的，你能演示下当时是怎么拴的吗？"

"就……"张静努了努眉头，然后举起手比画着，"就把狗绳的把手一头绕过那栏杆，然后把另一头从脖圈那里穿过去。"

老丁注意到，她的手有些抖。

"是先穿的狗绳啊，那狗呢？"

"绳子另一头上不是有个扣环嘛，之后一按就扣在狗的脖圈上了……"

"这么说来……"老丁听到这儿，突然低声说，"麻烦你跟我去 302 看一眼狗的尸体吧。"

张静迟疑了一下，僵硬地点了点头。

来到 302，老丁打开装着狗尸体的塑料袋，发现狗绳果然如张静所说，是用扣环固定的，而另一端的把手完好无损。

"麻烦你确认一下，这个狗绳和脖圈，是球球走失时戴着的吗？"

张静的眉头紧锁，说："是，就是球球的狗绳，脖圈上还刻着名儿呢……"

"如果是这样的话……那丢狗的事件就变得有趣了。"老丁边说边在心里盘算着，假设狗是自己挣脱出去的，那么方式有三：第一种，就是直接从脖圈里把头挣脱出去逃走，可如果那样，现在尸体的脖子上应该空空如也才对；第二种，狗从扣环处挣脱逃走，那么同理，尸体上应该只有脖圈，不应该有狗绳；第三种，狗扯断绳子挣脱逃走，那么现在完好的狗绳就是最好的反证。现在，狗的尸体上，狗、脖圈、扣环、狗绳都完完整整，没有一点破损，那么说明狗是被人放走的。

这个放走狗的人，到底是谁呢？更重要的是，狗的死亡和小连的失踪会不会有什么关系呢？

"警察同志，这……"张静有些惊慌，看样子，她也意识到了球球走丢这件事儿，是有人故意为之。

"你妈说见过有陌生男人敲 302 的门，这事儿你知道吗？"

"我也碰上过一次，我妈说要告诉老徐，还是我劝她别多管闲事儿……"

张静回忆，大半个月前的一天，自己来给老妈擀面条，门外突然响起敲门声，哐哐哐哐的，特别响。当时，球球在屋里叫得很凶，那个男人听到狗叫还骂了几句，后来又猛敲了一阵门才走。

"当时 302 有人开门吗？"

"没有。"

"看清楚那男人的长相了吗？"

"从猫眼看得不是很清楚。我记得那男人穿着翻领皮衣，领子带棕色的毛，头上还戴着个帽子，看不到脸，但个子挺高。"

"手上，有文身吗？"

"我记得……有。"

送张静回了 301，杵在楼道里的老丁不禁感慨 —— 这些家家户户老旧斑驳的铁门里，发生的那些喜怒哀乐、悲欢离合，终究是被困在门内，任由里面居住的人日久天长地慢慢消化了吗？令人遗憾的是，殷大娘的孩子找不到了，狗也救不回来了，但现在，他还有机会找到小连。

九点半

老丁准备下楼，在二楼的203门口迎头碰上了个黑脸汉子。那人留着寸头，鬓角剃得齐刷刷的，个子不高。他刚买了两兜子菜回家，红白条的塑料袋里，香菜一把，麻酱一瓶，另一个绿条塑料袋里，是刨好的肉片，肥的多，瘦的少。

看来今晚他准备下锅子。

见到老丁，汉子的目光闪躲开来，麻利地把绿条塑料袋倒腾到左手，背过身去开始掏兜儿。他的口袋叮叮当当地响起来，是钥匙和硬币碰撞的声音。

老丁亮了证件，说了身份。汉子踌躇了半晌，才让老丁跟着自己进了屋。

屋内，汉子放下一手的塑料袋，把钥匙塞回裤兜儿，请老丁坐。

开了灯，屋子里立立正正的，一眼就能看全。一张铁床，一床被褥，几个木头凳子，一摞飞了边儿的杂志，墙上还贴了些武侠电视剧里的主角海报。再往里，是个厨房，挺新，看着没怎么开过火。里面摆了一张矮桌，上面拉着个插排，电锅已经摆好，旁边对着，还摆好了两副碗筷。

屋里开了窗户，挺冷，又赶上昨晚下了雪，吃锅子是个好选择。

汉子去把窗户带上，回身走回厅里，自我介绍说自己叫宋志，因为长得黑，大家都叫他"煤球"。他在楼下开了个理发店，自己就住在二楼。

这个叫煤球的汉子，说话很慢，而且口音很重。老丁回想起来，一楼小卖部的旁边，确实有家理发店。

"你自己住？"

"是。"

"你这是有且（客人）要来？"老丁冲着桌上的两副碗筷点了点头。

"啊？啊……这，是，是有且……"煤球眼看老丁盯着桌上的晚饭，额头一下子冒出一层薄汗来。

"你忙活你的，我问几句话就走。"

"没事儿，警察同志……不着忙，您尽管问……"

俩人都坐了下来，老丁坐在木凳上，煤球坐在铁床上，紧张得抖脚。

"楼上 302 家的孩子丢了。"

老丁说完，煤球长出了一口气，说："302 啊？是老徐家吧。"他从铁床上抬起屁股，哈着腰，从鞋柜上提溜起那袋羊肉片，塞进了冰箱下面的冷冻层里。

"你认识老徐？"

"我俩从半大小子一起长大的，后来……他不是进去了吗？前一阵刚出来的。出来之后，他来店里剃过一次头，我俩见过一次。不过我平时多半时间都待在店里，有时候懒得折腾，晚上就睡在店里了，所以，也就见过他那一面。怎么，他现在连孩子都有了？"提到老徐，煤球渐渐放松下来，温暾的语速也提了挡。

"孩子叫小连，是今儿凌晨丢的。你今儿早上在家吗？"

"在家。我收拾卫生来着。家里这不是要来且了吗？我拾掇拾掇。"

"今儿凌晨左右你在做什么？"

"那时候……我肯定是睡着了。我这人，沾枕头就着，打雷也不醒。"煤球笑着咧开嘴，露出两排大牙，可能是因为黑，牙显得格外白。

"你说说老徐吧，你们从小一起长大，你对他多少有些了解吧？"

"老徐？他这人……挺无聊的，一门心思只知道……开车。上中学那会儿，他就说想当……司机，没想到后来……还真开上出租车了。再后来，他又说要攒钱……娶媳妇，话没说两天……就进去了。"

煤球说得轻飘飘的，神情中满是鄙夷。老丁暗自揣测，他俩关系并不亲密，煤球的口气配上上扬的尾音，听起来夹带着几分幸灾乐祸。

"你老家是省城西边的？"

"北镇的，您听出来了，我以为我没啥口音呢。最近新招了个老家来的洗头小妹儿，又把我带跑偏了。"

"那你从小在省城长大的？"

"我小学没念完，爸妈就离婚了，谁也不管我，我就来省城找我三叔。三叔媳妇下岗之后俩人就离婚了，三叔成了光棍儿，也没孩子，还挺稀罕我的。他死了之后，就把一楼那铺子和这间房留给我了……"

煤球的话还没说完，就听到门外有人敲门，看来是且来了。

门打开，门外站着个老头儿，穿着军大衣，肩膀上背了个工具箱子。

"师傅，你来了。"

"不是你叫我来的吗？"

"是是是，正好，先一起吃个饭。"煤球连拖带拽地把那老头儿往屋里拉。

"啊？你早说吃火锅啊，我在家就不吃饭了。这……这人是？"老头儿走路的时候一瘸一拐的。

"这是警察同志，来查案子的。"

"啥案子？之前那个盗窃案吗？"

"不是，不是！是老徐的孩子丢了。"

"老徐？谁啊？"

"一邻居，你不认识。那啥，你别换鞋了，就穿着进来吧，我把锅支上，一会儿就开吃。"

"吃火锅的话，我可不吃香菜。"

"知道知道。"

"你小子，太阳打西边出来了？居然知道请客了？我可不跟你客气。"老头儿跟老丁点了个头，放下工具箱，一屁股也坐在铁床上。

"你们刚才说什么盗窃案？"老丁问道。

煤球一言不发，动手把麻酱倒进海碗里，又从冰箱里掏出一罐腐乳，倒了些鲜红的汤进去。

"这种老小区不行，保安、监控都没有，门锁对那些偷鸡摸狗的人来说就跟摆设似的，时不常地就有盗窃案。不过倒也便宜了我这个换锁的，也不知道小偷多了，我是该哭还是该笑。"

"该哭！"煤球白了瘸老头儿一眼，又抬眼瞅了瞅老丁，"师傅，警察同志面前……你瞎说什么呢？"

"对对对！是该哭！"瘸老头儿拍了拍大腿，裤子上被拍起一层灰，不过也没耽误他往锅里下肉。

"那行，你们吃着，我就先走了。"老丁没再多问，识趣地离开了203，站在楼道里却怎么想都觉得奇怪。

这煤球请瘸老头儿吃火锅，明知人家不吃香菜，还买了一大把，把家里打扫得干干净净，进屋却不让人换鞋。那瘸老头儿对吃火锅一事也很是意外，这饭局，有古怪。

九点四十

　　小马从 502 出来的时候，正好遇到 501 的老两口回家。小马表明身份和来意，老两口立马说一定配合警察同志调查。

　　老两口的亲家在街对面开了个押面馆，他俩闲着没事儿，就过去帮着端端盘子、洗洗菜什么的。附近的工地多，晚上来吃面的农民工不少，几乎每天都要忙到这时候才能回家。他俩老家是山东的，儿子在这边娶了媳妇才跟着过来安了家。儿媳妇没有娘，只有一个老爹，家里条件好，人也不错，这房子也是亲家给买的，刚住进来一年多。

　　老大爷正从棉大衣兜儿里掏钥匙，可掏了半天都没找着。老大娘急得推了下门，没想到门居然弹开了。老两口招呼小马进了屋，屋子的布局和楼下的殷大娘家一样，不过布置得朴素了些。地是水泥地，没铺瓷砖也没铺地板，头顶就吊了个焦黄的灯泡，亮度还不如楼道里的感应灯。

　　"大娘，您老两口出去还是要记得锁门，这样不安全啊。"

　　"有啥不安全的，我们屋里啥值钱的都没有，说实话，我俩之前在农村住惯了，如今住楼房是真想不起来锁门。警察同志你先坐啊。"老大娘说着，脱掉了毛线帽，把羽绒服上的套袖也顺势摘了放在门口的简易鞋架上。

　　"大爷，您老两口怎么挑了个五楼啊？上下楼多不方便啊。"

"啊？什么？"老大爷把耳朵凑过来，哑着嗓子问。

"你大爷耳朵背，啥也听不清，你有啥问题问我就行。"

"我说，您二老，咋还挑了个五楼住呢？"

"哎哟，住了一辈子平房，好不容易住了楼房，就得住个最高的。"老太太眯缝着眼睛笑着说，"你刚才说孩子丢了，是哪家的娃？"

"三楼中间那户，您二老认识吗？"

"我俩一天天起早贪黑的，邻居来往得少。我想想啊……"老太太笑着说，"楼下的殷老太太之前去早市买菜的时候见过几次，后来才知道，这房子就是从她手里买的。还有隔壁的小姑娘，听说是个大学生，她一个人住，挺不容易的。一楼小卖部的燕子也说过两句话，我有一次去买面酱，没带钱，还让我赊了账呢……但是你说的那户人家，我俩真没见过。他家丢了娃娃啊，男孩儿女孩儿？"

"男孩儿，五六岁大小，叫小连。"

老太太撇着嘴摇摇头："好端端的，娃娃咋还能丢了呢？啥时候丢的啊？"

"就今天凌晨的事儿。"

"呦，那时候我俩都睡了。现在的人都太不小心了，电视里不是总演吗，人贩子光天化日之下就把娃娃抱走喽，当爹当娘的愣是没瞅见，你说说这爹娘，多马虎不是……我这两天一有空就闭眼睛求老天爷和王母娘娘保佑，保佑大力的孩子平安落地，健健康康地长大，可千万别有啥闪失。"

"大力是您儿子？"

"对，我儿子，我们老蔡家，就这一棵独苗。不过啊，咱这独苗有出息，从来不用俺们老两口操半点儿心。也就前一阵，儿媳妇儿查出来有喜了，哎哟，给我俩高兴的。也不知道怀的是个男娃还是女娃。我有时候也跟王母娘娘叨咕，要是个男娃就好了，要是女娃也不要紧，姐姐好，以后再生个弟弟还能帮着带。"老大娘眉开眼笑。

"恭喜恭喜啊。对了，大娘，这层503那户有人住吗？"

"之前有，是个老头儿，后来好像被儿子接到国外享福去了，走之前还来看过我们一眼，留给我俩一堆好东西呢，碗碟、烧水壶、电饭锅……都可新了，大牌子的。后来啊，那房子一直空着，也没租也没卖。"

"最近，楼里发生过什么奇怪的事儿吗？什么都算上。"

"你还真别说，就前两天的时候，我在二楼碰见过一个男的。戴个眼镜，长得白白胖胖的，在那儿修感应灯。我以为他是街道找的修理工呢，就说让他跟我上五楼瞅瞅我家马桶。最近不知道怎么，马桶总是不上水，搬来这城里才发现啊，上个厕所比村里的旱厕还费劲。"

小马推测大娘说的是303的眼镜男周磊。

"但他根本没搭理我。我从旁边过的时候，不小心撞了他一下，给他撞摔了。我说带他上医院，他也不去。现在这灯也没修好，刚才上二楼还乌漆麻黑的！"

这时，小马的手机响了，是老婆小刘发的短信，问他几点回家。

把手机揣回兜儿，小马回忆，他和老丁刚来那会儿，路过二楼的时候，发现感应灯是坏的，怎么叫都不亮。

小马心里纳闷：住在三楼不爱出门的眼镜男，为什么要去修二楼的感应灯呢？

十点

　　小马从五楼下来，刚好看到张静和一个老头儿围在401门前，堵住了去路。

　　张静说，新租客想提前住进来，估计今晚就搬过来。她指了指旁边的老头儿，说是叫的换锁师傅，赶紧给新租客换个新锁。

　　门开了一寸，那个老头儿放下螺丝刀，猫着腰，正用钳子之类的工具往锁眼的边缘撬，小马停下脚步，就站在台阶上，打算向张静打听一下那起盗窃案。

　　老头儿说："闺女，要我说，你以后得了空，最好还是换个防盗门，贵不贵倒两说，关键是安全。"

　　张静答了句"是"就没再吭声，仿佛是怕老头儿接着唠叨。她见小马停在原地，嘱咐老头儿挪一挪，给人让道。小马摆了摆手说自己老丈人家也是这种旧门，正合计是换锁还是换门呢。

　　那老头儿手上使劲压，嘴里也没闲着："要我看，还是换门好。这种老式的门，容易招贼，你看对面也是，要不贼咋就偷你们两家呢？"

　　"两家？"小马三步并作两步下了楼梯，刚才女孩儿只说了401被撬了锁，原来有两家都遭了贼。

　　"除了我家，被偷的还有403……"

　　"403这户住的什么人？"

"那房子原来是被楼下 303 的冯大姨拿来养'蚁力神'的，后来冯大姨瘫痪了，蚂蚁也就不养了。冯大姨死了之后，她儿子搬到了楼里，就把 403 当成了仓库用。"

接着话茬，小马问："盗窃案到底咋回事儿？张静，当时你咋不报警？"

"唉……自己认倒霉算了，警察来了也查不出啥，再说，也没丢啥值钱的……"张静有些窘迫地别过脸去，"大爷你先在这儿换着，我回家瞅一眼锅里的面条。"张静说完便下楼了。

老头儿的动作麻利，很快拿出个新锁芯，对着门上空空的圆洞比量着大小。

"大爷，你看这锁，好开吗？"

"你打听这干啥？"

"大爷，我是警察，来查案子的。"

"和楼下那个老警察一起的？"

"你见过老丁了？"

"是，刚才碰见了。看你是警察，我才告诉你，这小偷技术不赖，但是吧，脑袋不咋灵光。"

"哦？怎么说？"

"小偷不会乱偷，偷之前一般都得摸清情况才下手。这小偷但凡在这附近转悠转悠，也不应该来偷这两家啊。他偷的时候，张静就在楼下她妈家做饭呢。你说说，这胆子得多肥啊。还有啊，那偷 403 的小偷，技术就一般，我看那锁，纯纯是砸坏的，而且啊，403 屋里啥也没有，都是些破烂，根本不值得进去一趟。"

"这咋还出了俩小偷？"

"可能是个团伙，一人负责偷一屋呗。"

小马来到 403 的门前，目不转睛地看着那扇银灰色的大门，门此时只是虚掩着，门锁还没修。

这个贼确实奇怪，如果目标是钱，那么楼下的小卖部才是首选；如果目标是独居女性，那么，就不该去 403 走一遭；如果目标是女性内衣裤，大可以去顶楼的 502，李慧独居，白天又常不在家，难道不比 401 更好得手吗？

"行了，齐活了。"老头儿一句话打断了小马的思绪，"我啊，得再去吃两口羊肉片再走。"

"这 403，您不给修？"

"煤球那小子就告诉帮忙修一户啊，403 的锁，没找我修。"

"这样啊……好，您慢点。"小马跟着老头儿下了楼，停在刚才去过的 303 门前，再一次敲响了门。

开门的依旧是周磊，不过这次，屋子里的灯关了，只有电脑屏幕亮着。小马没啰唆，直接说想去 403 看看。感应灯微弱的光线下，男人的瞳孔扩张开。他没说话也没拒绝，套上外套拿过拐，跟着小马上楼。

小马说，你要是腿脚不方便，我自己去也行，反正门没锁，不过请放心，我不会乱动东西的。

周磊愣了一下，回了一句，还是我带你去吧。

他上楼的过程很慢，小马要去扶，被他拒绝了。

小马顺势问："二楼的感应灯坏多久了？怎么还要你来修？街道没人管？"

周磊顿了顿，喘着粗气说："举手之劳而已。"

上到缓步台，可能是因为太累，眼镜男的额头上渗出一层细密的汗珠，在忽闪忽闪的感应灯光下，闪闪发光。

十点二十

403 的锁是坏的，小马轻轻一推门就开了。一打开门，难闻的气味和冰冷的空气从黑暗中扑面而来。周磊示意小马进屋，自己则杵在门口，没有动的意思。小马跨进门，右手摸索着去寻找开关，按下门口右边的开关后，灯却没亮。

"不好意思，这屋暖气水电都停了，没交费。"

"没事儿。听说这屋你当仓库用？"小马边说边按亮了手电筒。房间不大，和楼下一个布局。光柱扫到的地方凌乱不堪，挤压变形的纸箱堆得遍地都是，光秃秃的天花板上只吊着一个灯泡。

在纸箱的缝隙间举步维艰，小马几次被掀起纸箱带起的灰尘呛到，听到身后的周磊回答了一句"是"，小马继续追问："你这箱子里都是些什么啊？"

"什么都有，以前倒腾过一批玩具，后来滞销了都堆在这里。还有坏了的塑料人体模特什么的。"

"你妈之前养蚂蚁是吗？"

"是，她养了一阵，后来就不养。"周磊的回答依旧简短。

"前一阵的盗窃案，你都丢什么了？"

"我……我没丢什么，就一些旧的人体模特而已。"

"当时咋没报警？"

"都是些不值钱的，不想费事儿。"

"盗窃案是哪天发生的，你还记得吗？"

"具体哪天我不知道，有小偷这事儿还是殷大娘在楼道里喊了我才知道的，没想到第二天，我家也被偷了。"

"你的锁咋还不换？门就一直开着，可不安全。"

"没来得及呢……过两天，我叫个师傅来。"

回到三楼，小马目送周磊回屋。关门的瞬间，小马突然用手抵住了门边，吓了他一跳。

"等会儿，麻烦问一下，你这扇门的门轴怎么是右向外开的啊？我看这栋楼的门，都是左向外开的。"

周磊转过身来，重又把门推开："是为了我妈改的。按照正常的门轴在左向外开门，她坐着轮椅出门，一不小心冲下楼过，把门轴换在右边的话，出门的时候能挡一下，安全很多……"

"这样啊……那这个低矮的报箱，也是为了你妈改的吗？"

"是。改矮了，方便我妈用。"周磊踌躇了一下，"后来也就这样用了，没再改回去。"

见小马不再追问，周磊回了屋，笑着望着小马关上了门。

十点四十

老徐和大茂弄好寻人启事回来的时候，已经晚上十点半了。这时，晓丹来了电话，说需要家属过去签字换输液的药，于是大茂开着老徐的车，拉着老徐还有老丁，一起奔医院去了。

"能说说你之前那起案子吗？"车子开动后，车后座上，老丁清了清嗓子，开门见山地问老徐。

老徐半晌没开口，然后有些哽咽地说："你们警察，应该比我要了解吧？都过去了，我没什么好说的。再说……当年的事情和小连失踪有关系吗？"

"说不定有……听说这几年，你一直在给受害者家属打钱？"

"是，前一阵都打完了，一分不差。本想着终于能松快地过日子了，没想到，又……又出了这种事儿。"

"你接触过那孩子的家属吗？"

"就见过小罗他妈。钱也一直是打到她的账户上。不过，她现在应该已经移民了……"

"你怎么知道？"

"出来以后，我去见过她一次。"

今年初秋，风特别大，咆哮着把落叶卷成一堆，然后又发疯一般将其吹散。接老徐出狱的没有别人，只有大茂和当时一起开出租车的几个好哥们儿。

和今天一样，大茂开着车，老徐坐在副驾驶座。后视镜里，老徐的样子苍老了不少。几个人下了顿馆子，吃的铁锅炖鱼，热气蒸得大家的脸都红了。几筷子菜外加几瓶啤酒下来，大家已经再次熟络起来。

大茂从锅边夹起张玉米饼，放在老徐碗里，问他现在想做的第一件事儿是什么。

老徐一口把饼咬掉半张，说想去澡堂子搓个澡。

澡堂的桑拿房里，大茂告诉老徐，沈君华离了婚，也辞掉了大学教授的工作。老徐汗流浃背地跟大茂说，他想去见见沈君华。

还在翡翠园小区，还是秋天，一下子又把老徐拽回那一天。

"弟兄们，万分感谢！今天晚上咱们聚，我哥请大家喝酒！"对讲机里传来大茂喜气洋洋的声音。上周末，大茂表哥结婚，一帮的哥弟兄们搞了个出租车迎亲队。整齐划一的出租车，挂着大红花，浩浩荡荡地穿越省城，引起了不小轰动。

"必须的，你这指定得请咱们哥儿几个撮一顿啊！"

"咱们这回喝一宿，谁也不准跑，听见没有？"

"对！手机都给我关机，媳妇儿电话一律不准接！"

"喝一宿可不行，我最近开晚班啦！"

"那算啥事儿，让大茂给你报销喽！"

对讲机里七嘴八舌，都是老徐的的哥弟兄们。

"晚上彪哥五毛串店集合啊？"大茂提议，"到时候我哥先过去。"

"又吃五毛串啊，我说你们哥儿俩咋越来越抠呢？"

"你哥这是有了媳妇儿，钱都上交了呗？"

"哈哈哈哈。"

"今天有雾大家都慢点开！"

"哦了！"

"哦了！"

老徐笑了，那天给大茂表哥当伴郎让他开心了一整天，光是参加婚礼已经很幸福了，做新郎官儿该有多幸福呢？老徐也想结婚，也想娶个媳妇，趁早给他妈抱个大孙子。

"老徐老徐，在吗在吗？"对讲机里的大茂单线呼叫老徐。

"在呢！"

"兄弟，不好意思，我舅开车太毛愣（粗心），再加上那天他喝了点酒，唉，我说过他多少遍了，最近抓得严，你说说这……这要是碰的是我的车也就算了……"

"真没事儿！"老徐打断了大茂，大茂哪儿都好，就是话多，说起话来串珠一样没完没了。

"我知道你最爱惜你的车了，哪天我让他给你修去！"

"小磕小碰而已，我自己一修就得。"

"行，你自己修去，回头我给你拿钱！"

"你还跟我说上钱了？"老徐说着，看到了前面路口有人正拖着行李箱招手打车，却被另一辆车抢了活儿。

"这一码归一码，这钱必须……"

"得了，我不跟你说了，大清早的让人截和了！这要是个去机场的，我这修车钱都挣出来了！"

"行了，那咱哥儿俩晚上说！"

"好！"老徐答应了一嘴，继续撒摩（寻觅）着路边嘀咕着，

"今天不顺啊，第一单就被抢了。"

"老徐老徐，在吗在吗？"对讲机里，再次传来大茂的声音。

"在呢，又咋了？"

"今天小学开学啊，翡翠园门口那儿都是带孩子打车的，你在哪片儿呢？"

"巧了，我就在附近呢，一脚油吧！"

翡翠园是吧？

老徐打了转向灯，慢慢变到右车道上，刚准备右转，就在拐弯的地方停了下来。斑马线上挤满了过马路的学生和家长，小学生们背着书包，戴着红领巾。

翡翠园是个高档小区，挨着全市最大的公园，周围好几所重点小学。那附近还有家老包子铺，韭菜鸡蛋馅儿的包子是一绝。正好，早饭也有了。

老徐啃着包子，蹲在车前，查看着车前凹陷的地方。虽然谈不上太严重，但也让老徐心里有点别劲儿（不舒服）。

敲锣打鼓的声音传来，一群花枝招展的老头儿老太太从公园门口走出来。是秧歌队的，老徐突然想起自己那也爱扭秧歌的老娘。

老徐的车是他妈拿自己的老本儿凑钱买的。老徐爱惜自己的车，总是把车收拾得亮亮堂堂的，早上擦一遍，晚上擦一遍，风雨无阻。就连车里面，老徐也不马虎，每个座椅上都套了套子，放了垫子。大家都夸老徐这是天天开新车，老徐则觉得这不仅是车，更是母亲的寄望。

去年，老徐在高考期间免费接送考生，为了个快迟到的考生，从不超速的老徐闯了红灯。事后，学生家长找到老徐，给他送了一面锦旗。孩子他爸是晨报的小领导，还找了记者，给老徐写了篇报道。年底，老徐被评为了市"三好的哥"，成了省城的哥中的红人。

从此，老徐就更爱惜自己的车了。

包子啃完，老徐才上了车，开了收音机，准备开工。老徐暗下决心，下次这车谁也不借，赶紧拉两个大活儿，把车修了。

雾还没散干净，前面就是翡翠园侧门，窄窄的单行道，没什么人。老徐想着绕到正门去瞧瞧。这时，他远见着小区门口有个女人正在招手。

开张了，今儿可算开张了。

老徐赶紧启车，可后视镜里又冲进来一辆出租车。又来个抢活儿的？老徐心急，猛踩油门冲了过去……

再次见面的时候，老徐给沈君华跪下了。沈君华哭了一个下午，搬空的屋子里回荡着她阵阵抽泣声。临走前，她告诉老徐，自己马上要移民了，手续已经办好，机票也买好了。

"那孩子的爸爸呢？你见过吗？"

"就在法庭上见过一次，那个时候，他们夫妻俩正在闹离婚……"

车子拐了个弯，老丁也跟着转了话题。

"你为什么要把安红他们娘俩反锁在屋里？即使是你晚上在家的时候，也要给小屋上锁？"

老徐没接话，倒是大茂开了口："警察同志，你该不会是在怀疑……"

"我只是想了解事情的来龙去脉。都这个节骨眼儿了，老徐，你最好有话直说！”

"也没啥，就因为……因为安红总说自己要把小连送走，我不同意，她就说要带着小连一起走……"

"她为啥要把小连送走？"

"这……我也不知道。"

"我看啊……"大茂插嘴道，"警察同志，这事儿你也不能全怪老徐，那个安红，真是有些问题，丹丹也跟我说，她有时候一看到安红就觉得害怕……"

"害怕？"

老徐接着话茬："有一次，我正在外面出车，突然胃特别难受，就想着先回家休息会儿。可我一回家就撞见安红在收拾行李。我当时就慌了，害怕他们不声不响地跑了……从那之后，我才开始锁门的……"老徐叹着气说，"而且，我还发现了这个……"

说着，老徐从手扣箱里掏出个牛皮纸信封。

小马想下楼透透气，半路上正碰见张静和一个女人一起抬箱子。那个女人没见过，估摸着是张静之前说的新租客。

小马想帮忙，可张静拒绝了。小马没有坚持，一路下到楼门口，用手机给小刘回了个电话。电话那头传来小刘轻缓还带着颤音的一句"喂"。

"你睡了？我今晚估计回不去了……"

"是不顺利吗？"

"嗯……"

"有什么线索了吗？"

小马听到窸窸窣窣的声音，应该是小刘正从床上起身，而后是咔嗒一声，是她拽开了台灯。

"时间不早了，你快休息吧！"

"我怎么睡得着呀？快给我讲讲。"

小马无奈地笑了："我……这都不知道从何讲起……现在的线索又多又乱，简直是一团乱麻。"

"你现在在哪儿呢？"

"我在楼门口呢，正好吹吹冷风清醒一下。"

"吃饭了吗？要不要我过去给你送点？"

"你别和我扯了啊，你过来，我是顾你还是顾案子？"

"顾案子啊！我不用你顾！"

"你可别，这个周末你就安心在家陪陪爸妈吧！还有小小马……"

"老公，今天晚上，小小马闹得特别凶，好像在肚子里踢比赛呢！"

"哈哈，小家伙这是见到了姥姥、姥爷，高兴的吧！"

"老公……"

"怎么了？"

"我突然有点心慌。"

"慌什么？"

"我也不知道……老公，我刚才把你新买的那本推理小说给看了。"

"咋样，好看吗？"

"刚看了个开头，挺好看的，不过，我觉得那些占星术什么的，肯定是唬人的……"

"等我看完，咱俩再讨论……再说，你现在应该看点母婴书，孕妇看推理小说，难怪会心慌。"

"行了，你在外面楼门口站着多冷啊，快回屋里去吧。"

"没事儿，不冷。老婆，前一阵儿你不是说等今年下第一场雪的时候堆个雪人吗？"

"亏你还记得，不过这回是半夜下的雪，都被踩脏了……"

"我这正好有一现成儿的！"

"哦？好看吗？"

"我这儿离得有点远，看不太清，不过挺像那么回事儿的，还戴着条围脖呢！"

"是吗？下次堆雪人，我也准备条围脖。"

"你等等啊，我走过去给你瞅瞅……"

电话里传来脚踩雪的嘎吱声，可脚步声停了半天，小马都没说话。

"老公，你咋不说话了？"

"老婆……我……突然发现个重要的事儿……"小马边说边感觉到自己的心在疯狂地跳动，他走近面前的一大块空地，眯起眼睛察看雪人周围的雪地。

"好，你快去忙吧……我有预感，你和老丁一定能找到这个孩子……"

第五章

五个女人（三）

安红

晓丹

沈君华

安老太太

大凤儿

安红

春英是安红在洗脚城工作时认识的，那是千禧年时候的事儿。两人有次在一个屋上钟，安红被一个满头黄毛的客人给欺负了。安红长得好，常被揩油，因为反抗被经理骂了几次以后，安红学会了忍气吞声。一旁正给人拔罐儿的阿珍也装作没看见，但春英不是吃素的，她在洗脚城干了很多年了。那次，她替安红出了头。

"那些个臭男人，给他们捏脚都够折寿的了，平白无故地让他们摸一把，凭啥啊？想摸就去找小姐，来洗脚就乖乖洗脚，别惯他们毛病。"

同一屋上钟的阿珍劝春英小点声，春英偏不听，扯着嗓子，把客人给撵走了。

阿珍一扭头，也跟着走了。愣在原地的安红提着工具箱，怯生生地问，要是经理问起来怎么办。

春英把麻花辫一甩，气哄哄地说："我管他怎么办！你新来的吧，我告诉你，不用怕，那些个臭男人啊，就是欺软怕硬。经理？经理也一个德行。"

后来，春英被扣了奖金。安红过意不去，请春英吃了顿饭。一来二去，俩人就熟了。

春英有些胖，脸尤其圆，一笑腮帮子就鼓起来两坨红扑扑的肉。她总爱穿花衣服，春天穿花衬衫，夏天穿花裙子，秋天穿花毛衣，冬天穿花棉袄。和她比起来，安红显得格外朴素，人又长得瘦，看上去总是蔫蔫的。不上钟的时候，她俩总是黏在一起逛街、吃东西，有时候也会一起去洗澡。

澡堂里，水汽袅袅，看着春英丰盈的身体，安红总会陷入沉思。春英打趣地问她，想什么呢，怎么像个爷们儿似的色眯眯的？安红总是别过脸去，羞红了脸不说话。春英甩甩辫子，捏着安红的鼻子说她不必羡慕自己的身材，自己要是有安红那样俊的脸蛋儿，做梦都会笑醒的。

春英有个男朋友，俩人总是吵架，安红劝春英分手，春英说不行，还得指着男朋友付房租呢。话音未落，春英眼珠一转，说不如她俩搬到一起住吧！可对春英一向百依百顺的安红却说自己住在员工宿舍挺好的。

追问之下，安红跟春英坦白，说自己有病。

春英问安红得的是什么病，安红说，以前去小诊所看过，大夫说，是精神病。春英哈哈大笑，说安红这个农村妞，居然还得了个洋病。春英利索地搬了出来，安红担心春英流落街头，只得点头同意了。于是，两人搬到了一起，加上小连，三个人一起生活。

春英的生日在夏天，眼瞅着就到了。安红去纺织城买了一块花布，想亲手给春英做件花坎肩。可日子还没到呢，春英突然说自己要走了。她说前天给一个南方老板按脚，得知南方挣得多，所以想去广州打工。

晚上，俩人背对背睡着，安红忍不住问春英，这里有什么不好？

可春英说，对于她来说，广州和省城都一样，都不是她的家乡。自己酸菜炖粉条吃够了，现在想去尝尝靓汤。再说现在是新世纪了，世界都在进步，她也不能落后。安红想让她过完生日再走，再等等，也就几天的工夫。可春英只说了三个字，看看吧，便不再吱声。

安红的花坎肩做好了，春英却不辞而别。日子好像和以前一样，但又好像不一样。夜里，安红在出租屋里哭得撕心裂肺，她觉得自己病得更严重了。

半个月后，安红收到了春英的信，第一句话就是对不起。

写回信这事儿，用了安红整整一天。她写了撕，撕了又写，最后，她在开头写了五个字：一切都好吧？信被塞进邮筒那条窄窄的缝隙时，安红突然觉得自己很羡慕这封信——什么也不用思考地躺上一阵子，就会有人把它送到春英的身边。于是，安红萌生了一个想法，她也想去广州。下一封信的时候，她要告诉春英，自己要去广州找她，带着小连一起，去广州。

但是，等了好久，春英才寄来了回信，信里的她欢天喜地，说自己要结婚了。对方是个老男人，不仅总照顾她的生意，家里还有钱，对她也很好，还让她住进了海边的别墅。现在，她每天都能看到大海，吃海鲜、吹海风更是每天的日常。

这次，安红没有回信，也不想去广州了。她索性换了工作，找了个洗澡堂做搓澡工。

身下的女人在和她搭话，她趁机问女人要不要打奶，女人说行。

安红打了一盆水，冲在了刚铺好的塑料膜上。刚才的女人走了回来，看起来十分年轻。她把头发绾在脑后，双手叠着垫在脑门儿下面，趴在床上。她多余的碎发被水打湿，都贴在后脖颈儿

上，白皙的肌肤在水光的映衬下显得十分光滑。安红把奶膏抹在她的背上，那一刻，安红觉得身体和澡堂里氤氲的水汽一样，变得轻飘飘的，温暖又潮湿。

换工作以来，安红的床上，躺过很多女人，可只有这个女人，让安红想起了春英。后来，安红知道了她的名字叫晓丹。

晓丹

二〇〇二年，对于晓丹来说是不平静的一年。

大茂最近总是不在家，因为他那个蹲监狱的好哥们儿老徐出来了。大茂跟晓丹说，老徐只有高中文凭，除了开车啥也不会，现在到处都是下岗的人，他揣了前科在兜儿里，找工作难上加难，所以自己想帮帮他。

这两年，大茂在老丈人的帮衬下盘了个出租车公司，生意越来越红火。大茂和晓丹商量，让老徐给自己跑车，晓丹考虑了几天，终于点了头。但是晓丹说，帮老徐的事儿也算她一份。大茂问晓丹准备怎么帮，晓丹摇摇头，只说这事儿还得再等等。

老徐做梦也没想到，自己还能开上出租车。车是新的桑塔纳，车灯上的膜还没撕，轮毂上绑着小红绳，玻璃亮堂堂的，还贴好了膜。重新摸上换挡把儿的那一刻，老徐的手抖个不停，一种恍如隔世的感觉油然而生。

老徐做梦也没想到的第二件事儿，是自己能谈上对象。女方叫安红，是大茂媳妇儿晓丹的朋友。也就是晓丹说的那件要再等等的好事儿。

和安红见第一面那天是个雨天，雨不大，天也不冷。

他们约在了肯德基，给小连点了一份儿童套餐，里面有一份土豆泥、一份汤，还有一个小汉堡。

老徐还点了份双人套餐，汉堡、可乐加薯条。可乐冰冰凉，被冰块占了大半杯。小连很开心，一直咧嘴笑。安红把土豆泥的小盒子打开，把薯条从红白相间的小盒子里倒在餐盘上。

地点是安红选的。老徐不爱吃这些洋快餐，但是他也不挑食，吃啥都行，啥都比牢饭好吃。汉堡个头挺大，里面鸡腿肉不小，还有几片菜叶子和白色的酱，他张大嘴咬了一口，嚼起来还挺香。

安红没吃汉堡，她揪了根薯条塞进嘴里，没蘸酱。

"我租了个房，就是以前我妈那套，俩屋，正好。而且房主没咋动里面的东西，还和以前一个样儿。"

安红点了点头，又吞了根薯条。

"大茂整了个出租车公司，整得不错，他让我干脆跟他干得了。我觉得不赖，毕竟是老本行嘛。"

"嗯，开出租挺好。"安红扒拉着薯条盒里的薯条，好像挑选了起来。

"到时候你在家做饭带孩子就行，别的啥也不用你干。"

"我不太会做饭。"

"没事儿，随便炒点菜就行，我不挑，吃啥都行。"

小连挖完了面前的土豆泥，把盒子举到了嘴边，伸出舌头朝里面舔，弄得嘴上和袖子上到处都是。大概是边边角角舔不到，他着急地拍起了桌子，弄出咚咚的响声来，吸引了周围桌的目光。

安红用力地拍了小连一下，要他别出声，小连瞬间停止了动作。安红见状，拾起两根薯条塞进了小连的手心里。

对于这次见面，老徐不大满意。大茂在被窝儿里跟晓丹学话，说老徐不满意的地方有三："第一，女方太年轻。女方今年才二十四，老徐都三十五了。这样一算，老徐比女方大了一个轮子还多个气门芯儿。第二，女方太漂亮。鼻子是鼻子，眼睛是眼睛，白白净净，比一般人口中的美女还要美上那么一点儿，不像是会过日子的人。第三，女方不爱说话，看着有点闷。"

晓丹腾地从床上坐起来，说："老徐是吃牢饭吃糊涂了吧，我可是看在他是你铁哥们儿的分上才牵线的。况且老徐这样的……一般的女孩儿听了连面都不会见！"

"你别急呀，老徐还说了满意的地方呢！满意的地方也有三：第一，女方是农村的，也没什么文化，所以学历上算是般配了；第二，女方不在意老徐的过去；第三点，也就是老徐最满意的一点！"

"是啥？"

"就是女方带了个孩子！"

"我先前以为他最忌讳这点呢！不过……安红这儿好像真有点问题。"说着，晓丹摸着黑撑了撑大茂的太阳穴。

"真的假的？你这不把老徐给坑了吗？"

"这是她亲口告诉我的。说实话，有时候我是有点怕她，总觉得她的眼神，一下子就把我看光了……我大姑也说，让我离她远点……"晓丹的脸热得红了，幸好黑着灯，大茂看不见。

"难不成她有透视眼啊？再说了，你能不能别老听你大姑的？"

"我要是不听我大姑的，我俩现在能躺在一块儿吗？你不也见过安红吗？挺正常的，就是不爱说话而已。"

"你说……这俩人最后能成吗？"

"谁知道呢？"

"我觉得要是成了，也是因为那个孩子……"

后来，在晓丹的安排下，俩人又吃了一顿饭。趁着老徐去厕所的工夫，晓丹问安红满意不，安红摇摇头说，自己不想找男人。晓丹说，这是迟早的事儿，总不能一辈子单着，再说一个人养活小连多累啊，有个男人靠着，日子总是轻松不少。

晓丹看出，安红有几分犹豫。晓丹说你俩结了婚以后，咱们就能一起出去玩儿了，我、你、大茂、老徐，再加上小连。等她自己也有了孩子，他们就可以六个人一起出门玩了，小连也可以当哥哥了。

安红考虑了两天后，终于点了头。

老徐去墓地看老娘。临走前，老徐对着石碑磕了几个响头，抹了眼泪，答应老娘一定好好过日子。

就这样，老徐满心欢喜地开始了自己的新生活，开出租，早出晚归，给沈君华寄钱。安红也不在澡堂干了，就在家里做点零工，给台球店贴壳粉块，贴五个一毛钱。晓丹偶尔会打电话到家里，找安红唠嗑。再后来，晓丹查出自己怀上了孩子，也就是那个时候，安红又收到了春英的信。

信上，春英说自己要离婚了……

安老太太

二〇〇三年腊月，何老五的第二家抻面店装修进入收尾阶段，店门口，何老五和小翠儿盯着工人挂牌匾。看着红底白字的四个大字"小翠抻面"，父女俩露出久违的笑容。

牌匾挂好，工人利索地跳下梯子，龇着一口大白牙，问何老五新店开张，要不要招工。

见何老五点了点头，那人开始毛遂自荐，说自己叫大力，山东人，爱吃面，之前干过两年服务员。

何老五见他老实又爱笑，从兜儿里掏给他五十块钱安装费，说改天让他过来试工。

大力笑着接过钱，摸了摸脑袋，答了句一言为定。

老何的BB机响了。他去隔壁的麻辣烫店借电话，回过去才知道是以前村里的老李。老李在电话里说："老何，你啥时候回来一趟啊，安老太太死了，大家给出的主意，说最好是给你打个电话。你看看，这事儿咋办好……"

何老五眉头一紧，只说等他回去，就撂了电话。

安老太太死在家里好几天了，尸体是李婶发现的。村里到处张灯结彩，鞭炮轰鸣。一大清早，李婶家的儿子带着媳妇和孙子孙女从城里回来过年，李婶高兴，张罗着杀了一头猪。炼的猪油吃不完，李婶寻思着给安老太太送点儿。

院子的门没关，院子里只剩下一只瘦骨嶙峋的老母鸡，蔫里巴唧地蹲在柴火堆成的破鸡窝下面，靠着稻草取暖。前一阵下的雪没人扫，白天被太阳晒化了，晚上就冻了冰，走上去一步一滑的。屋里没点灯，李婶摸着黑跨了门槛进屋，喊了老太太好几声都没人答。土灶的大锅里不知道炖了什么，散着一股子馊味儿，旁边的水缸没盖盖子，水舀子和锅铲胡乱地摆着。

"你这老太太，这日子让你过的。大过年的，别打盹儿了，赶紧起来吧，我给你送好东西来了！"

撩开门帘进屋，李婶看到老太太侧着卧在炕上，屋里连炕也没烧，冷得像个菜窖。

屋外的鞭炮噼里啪啦地响，可老太太睡得很死。李婶把抱着的小钢盆放在炕头，回身去拉灯绳。

闪了两下后，木梁上挂的灯泡亮了。

"你这睡的，都说老了老了，觉也少了，你这连个被也不盖……"

李婶没脱鞋，跪着爬到炕上，拍了拍老太太的大腿。这时，屋外不知是谁点了一个二踢脚，炸雷声吓得李婶从炕上连滚带爬地下来，撒腿就跑。事后，她回忆——那时候，老太太的脸已经青了。

来看热闹的人围在院子外，谁也不敢进门。李婶的儿子把李婶扶回家后，叫来了隔壁村干白事儿的老头儿，那老头儿进屋看了一眼，说老太太应该是心脏病犯了，睡着走的，走的时候没啥痛苦。

李婶的儿子回家和爹娘商量，他爹说："叫那个干白事儿的老头儿回去。我们跟老太太非亲非故的，大过年的办白事儿晦气。你别管了，我找何老五来办。"

通电话的当天下午，何老五开着微型车回了村。

葬礼是何老五操办的。葬礼那天，何老五的微型车在村口刚蹭上了一辆省城来的出租车。

车上只有司机一个人，那人很客气，并没有城里人的傲慢，对着想要赔钱的何老五连连摆手说不用了，自己在这儿等客，一会儿就要走。

争执不下，何老五只好在电话本上记下了他的车牌号。

安老太太的坟选在了后山的坡地里，没刻碑，就雇了个唢呐队，围着坟头的土包吹了几段就散了。正是年节里，何老五给了班头儿一百块钱外加一包三五烟，就算完事儿了。

葬礼上没几个人来，就连李婶都没去。她被吓得不轻，在屋里躺了一个礼拜才缓过来，连年都没过好。几个缩着袖子看热闹的，嘴里说的还是安老太太家那些陈年旧事，主要围绕着二丫头——说这没良心的小丫头片子和她妈一个样，自己奶奶死了也不露个面。

村里的谣言虽然常换常新，但旧的那些却永远不会消失。只要一有人提起话茬，便又在人们舌头尖上的唾沫星子里春风吹又生。

关于老安家二丫头的谣言更是这样。

二丫头走了好几年了，一点消息都没有。村里传什么的都有，有的说二丫头去城里生孩子了，给乡长家生了个大胖孙子，享福去了；有的说二丫头的孩子生下来也是个哑巴，还是个女孩儿，被乡长家扫地出门了；还有的说二丫头肚子里的根本不是乡长儿子的种，不知道是哪儿来的野种，所以跑到城里偷偷打掉了。安老太太也不知道二丫头去哪儿了，村里人三天两头地来打听，但

她也只是攥着手里空空如也的牛皮纸信封，一问三不知。

这几年，安老太太的日子不好过。年龄大了，腿脚不好，有地也没法种。何老五帮老太太把地租出去了，虽然没几个钱，也好歹算个收入，加上低保的钱和李婶时不时送来的米面，老太太勉强能把日子过下去。

看热闹的人说了一会儿，嘴倦了，也就散了，大家都回家吃饺子去了。那天正是初五，是迎财神爷的日子，鞭炮比三十儿那天放得还响。

葬礼结束，何老五又看到了那辆出租车，一个包裹严实的女客上了车，车才开走。事后回忆起来，何老五总觉得那身影有些眼熟。

车子拐出村，村口有棵歪脖儿的柳树，树枝被风刮得到处乱抽。树后面，二龙把脖子缩进高领毛衣里，二话没说跨上自行车，追着出租车上了省道。

风太大，正好顶风，二龙几次差点儿追丢了。幸好半路出租车拐进个加油站。二龙也是幸运，碰上了一辆出租车，他把自行车塞进后备箱，一路跟到了省城。

后来，车停在一栋楼房门前，车上下来的，正是他要找的二丫头。

大凤儿

还有一个月，二〇〇三年就过完了。

大凤儿没想到自己能接到老金的电话，而且是从医院打来的。老金说，让大凤儿开车去接他。

老金从八院门口走出来的时候正是大中午，太阳出奇地晒。等人的工夫，老金顺手把刚拿到手的片子团了团，塞进了垃圾箱——他自己的身体他自己有数。

大凤儿的银灰色夏利停在了医院门口，车子刚刷过，在阳光下闪着光，就连玻璃也亮亮堂堂的。

老金来到副驾驶的位置，一把拽开车门，缩着身子钻了进去。

"怎么来医院了？"大凤儿问。

老金梆的一声关上车门，只回了句："别人送了体检卡就顺道来查查。"

"查出来啥病了吗？"

"啥病没有！"

大凤儿开着车刚要左拐，老金却说："拉我去趟铁百！"

大凤儿猛向右边打方向盘，顺嘴问："去铁百干啥？"

铁百是市区的商场，周围都是单行线，车不好开，更不好停。

老金把遮阳板一把拽下来，说了句"你别管了"，就把脑袋往后一仰，整个人斜靠在座椅上。

大凤儿不再说话，车里陷入了沉默。老金的那些事儿，只要他自己不说，大凤儿就绝对不问。自从结婚，大凤儿就很少和老金见面，只有大年初五的时候会和东亮象征性地回趟娘家破个五，放挂鞭炮，吃盘饺子，喝两杯酒。

这次，老金给她打电话，要她来医院接他，大凤儿十分意外，还以为他得了什么大病。而她之所以愿意来，是因为东亮交给了她一个任务，那就是告诉老金——他要当姥爷了。

"去吧，你爸也老了，退休这几年自己一个人过也不容易，你去接他一趟，再把这个好消息告诉他，他肯定高兴。"

"你咋知道他肯定高兴？"

"哪儿有当姥爷抱外孙不高兴的道理啊？"

当姥爷和当爷爷相比呢？

抱外孙和抱孙子相比呢？

结婚以来，东亮对大凤儿的好有目共睹，大凤儿终于感受到了有记忆以来独一份的安全感和归属感。现在，她有了自己的孩子，她想向全世界分享这份喜悦，但这份通知名单里到底有没有老金，她还在犹豫。

"最近和你弟有联系吗？"老金突然直起身子问。

这个问题好熟悉。原来老金绕了半天，不过是为了打听二龙的下落。

大凤儿迟疑了一下，淡淡地回了句："没有。"

"这兔崽子，是铁了心和我断绝父子关系？走了这么多年了，这是逼我去报案啊！"老金破口大骂，唾沫星子在阳光下喷溅出来。

大凤儿没有说话，只缓缓把车停下来。这是到达目的地之前的最后一个红灯。道路两边都是饭店，店门口放着脏兮兮的充气拱门和听不出旋律的流行歌曲。还有很多卖自行车的，一排排套着防撞膜的山地自行车整齐地码放在店门口，崭新的轮胎黑溜溜的，一尘不染。

大凤儿突然想起来初中上学时骑的那辆自行车。那时候，乡里的孩子都骑着自行车上下学，大凤儿也想有一辆。可她终于鼓起勇气和老金开口要时，老金却说，弟弟不就有辆淘汰下来的吗？那辆车子又小又破，把手上包的橡胶套已经变得粘手，横梁上的油漆也掉得七七八八了。

有总比没有强，不是吗？

可后来呢，见着姐姐骑车上下学的弟弟，也想骑车了，爸爸二话没说，就买了当时最时兴的变速山地车给他。

灯绿了，大凤儿踩了脚油门继续前行，默默加了速。

"要是有他的消息，立马告诉我，听见没有？"老金清了清嗓子，咳出一口痰来，又开双腿，呸一下子吐在了地垫上，又用鞋底抹了匀。

大凤儿嗯了一声后，咬紧嘴唇。

再忍忍，这不是你一直以来最擅长的吗？马上就可以右转了，过了鞋城，铁百就到了。大凤儿的手紧紧抓住方向盘，这是她和老金待在同一空间里的极限了。

"你带钱了吗？"

"带了……"

老金回身，看见了后座上大凤儿的手拎包。他勉强回过身去

够，一把从里面掏出了个棕色的长钱夹。

大凤儿猛地刹了车，车子刚好停在小贩聚集的小路口，却不想交警就站在路边。

"得了，我就在这儿下吧！"说着，老金把钱夹拿在手里，把手拎包扔回后座，折腾了一番下了车，然后又是梆的一声，关上了车门，头也不回地走了。

那个钱夹，是东亮为了庆祝她怀孕送的礼物。

大凤儿看到老金进了一家二手手机店，门口的充气小人以夸张的姿势鞠着躬。看着后视镜里头发已经斑白的老金，大凤儿紧咬的下嘴唇传来一丝血腥的味道。大凤儿干笑了一声，把车拐上大路，大力踩着油门，心里生出一种莫名的快意来。大凤儿从方向盘上腾出右手，摸了摸自己尚未隆起的肚子。她不会把怀孕的事儿告诉老金，更不会告诉他自己和二龙一直通信，她不仅知道二龙在哪儿，甚至还有一张二龙寄来的近照。

糟了，二龙的照片就在刚才那个钱夹里……

沈君华

二〇〇四年，距离小罗出事儿，已经过去了五年。

沈君华做了一个决定——她想把事情做个了结，干干脆脆的那种。

机票买好了，第二天一大早上的。沈君华打算离开，她告诉自己，这不是逃跑，也不是原谅。可这是什么呢？她也不知道。

她记得很清楚。小罗下葬后的第二天，她辞掉了大学里的工作，动用一切关系，用她当时现场录下的老徐道歉的录音，剪辑、拼凑、伪造证据，甚至接受报社和电视台采访，在录音笔和镜头前号啕大哭，在法院门口张贴大字报，用一个母亲的眼泪将所有锋利的矛头指向老徐——这个杀死她孩子的凶手。

她要老徐给小罗偿命。

老徐又一次红了，他登上报纸头条，标题内容却不再是"三好的哥"，而是人人唾弃的杀人凶手。

群众纷纷站队，痛斥老徐，沈君华似乎赢了。

但是后来，情况变了。录音作假败露，刹车失灵坐实，还有十三名老年秧歌队成员力证老徐当时的车祸并不是蓄意为之。老徐的的哥弟兄们，也跟着秧歌队敲了锣，打了鼓。

"老徐，那可是个好人啊！"

"对，绝对的好人！"

"老徐，他可是个孝子啊！"

"对啊，他还有个腿脚不好的老妈呢！"

"老徐，他的命可真苦啊！"

"多年轻，一辈子就这么毁了！"

事情渐渐有了转机，晨报还破天荒地拿出一整个版面，把老徐三十二年的人生，写成了一篇五千多字的小传记。群众倒戈了，他们忘记了丧子母亲的眼泪，开始为老徐的"秧歌队"添上无数把唢呐和大镲。

"那是因为我当时在打电话啊，一个很重要的电话！"

没有人再听沈君华的辩解，因为她被记者扒出，那个很重要的电话的通话对象，正是她婚内出轨的年轻男友。而这个男友，还是她的学生。

群众炸锅了，直到法官的小槌落下，"命苦的哥被判三年"几个大字白纸黑字地印在报纸的头条标题里，这场轰轰烈烈的闹剧才终于尘埃落定。

沈君华费了些力才打听到老徐出狱后的地址，让她惊讶的是，他居然住进了原先的老房子里，而且又开起了出租车，更让她惊讶的是，老徐居然找了个女人。

卡开好了，没有密码。赔偿金和老徐陆陆续续汇来的钱，沈君华都存了进去，一分没动。那张黑色的小卡片，就如同装着儿子骨灰的黑色小盒子。

沈君华犹豫了两天，不禁回想起老徐他妈的葬礼。那天，她远远坐在车里，回想起老太太把一本存折颤颤巍巍地交到自己手里的情景。也许就是从那一刻开始动摇的吧。她意识到，自己拼命想要报复的男人，同时也是别人的儿子，同样也有一个拼命想要保护他的妈。哀乐响起，她居然莫名地和这个杀子仇人的母亲共情了。

收回思绪，老徐那辆锃亮的新出租车开进了院里。这是老徐回家吃午饭的时间。

沈君华翻下遮阳板，把黑溜溜的墨镜挪到鼻梁处，借着里面的小镜子整理了下眼角湿润的褶皱。

老徐穿了件破旧的军绿色立领夹克衫，从车前不远的地方经过。就在那个瞬间，沈君华的目光被老徐手里的塑料袋吸引了。袋子是透明的，透出里面长方体的盒子，让沈君华浑身战栗。

车内空气中飘着的尘埃仿佛静止了，只有沈君华内心早已熄灭的仇恨火苗被重新点燃，而且蹿得更高、烧得更旺了……

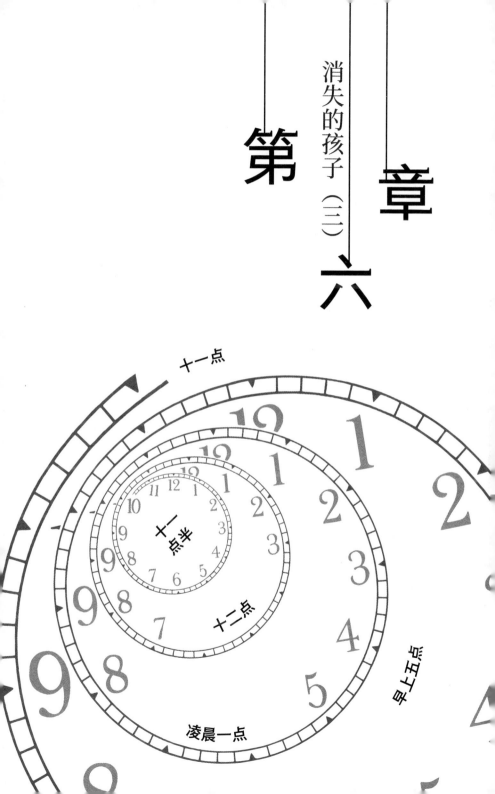

第六章

消失的孩子（三）

十一点

医院里，安红还没醒。靠窗的床位上，她披散着头发，脸色苍白，手腕上缠着白纱布，仿佛一只被蛛网层层困住的猎物。她比老丁想象中要年轻得多，漂亮得多，她躺在那里，苍白得好似在发光。

缩坐在病床边的晓丹起身和大茂去走廊上直直腰，老徐也跟着护士去办手续。病房里，只剩下老丁一个人。他拖了个塑料凳子坐到床尾，看起了老徐递给他的那封信。

信纸很皱，字迹潦草，笔画生硬，落款是个叫春英的女人。她在信上说，自己被骗了，在广州过得不好。家里的爷们儿去了香港做生意，后来才知道他就是个拉皮条的，结婚时海边的二层小楼也是租的。被逼无奈，她又出去干起了老本行。春英还说她已经下定决心离婚，还说自己很想念以前和安红还有小连一起生活的日子。她希望安红有空可以去广州看望自己，还留下了自己的住址。最后，她很后悔自己当初离开省城，离开安红和小连。

信上的最后三个字，很后悔，用黑笔描得粗粗的。

看起来，这是一封好友间的通信。老丁把信重新叠好，放回信封里。或许，这封信，便是安红想带着小连离开的导火索。

看着病床上的安红，老丁冒出个疑问：小连的失踪，安红真的如自己猜测的一样是知情的吗？而且，安红只是去广州见个朋友而已，老徐为何执意阻拦呢？

这时，护士来床前检查点滴。老丁问护士，病人啥时候能醒？

护士说，说不定一会儿就醒了，伤口不严重，失血也不多。但是病人体质弱，什么时候醒这种事儿说不好。

可老徐不是说，一打开小屋的门，满地都是血吗？

这时，老徐、大茂还有晓丹都回来了。

老丁举着手中的信封问老徐："你见过安红写回信吗？"

"回信？我不知道，有可能写过吧。"

老丁和老徐商量把信带走，老徐默许了。

仨人一起走出病房后，老徐和大茂一起去楼梯间抽烟，老丁去了趟护士站。离开前，老丁有些疑问需要解答。

值班的只有一个打瞌睡的中年护士。刚才那个年轻的，应该还在巡房。老丁亮明身份，说要问问安红的情况。

中年护士立马弹了起来，直说要去找大夫过来。老丁连忙说不用，就几个小问题而已。

老丁琢磨着，为啥老徐所描述的满地是血，到了护士嘴里，却是伤口不深、失血不多呢？

中年护士也有些惊讶，说安红送来的时候，确实满胳膊都是血，衣服上也有不少，手腕上的伤口也有好几处。但是清理之后发现手腕上的伤口并不深，血很快就止住了。

那么，小屋里满地的血是哪里来的呢？安红又为何昏迷至今呢？

"具体原因我也不清楚，不过病人现在正处于生理期呢，身体虚，可能是因为这个还没醒。"

"等一下，护士，当时，安红换下来的衣服，还留着吗？"

"这你得去问家属。"

异常的血量，正在生理期的安红……老丁急匆匆地回了病房，问老徐，那些沾了血的衣服现在在哪儿？

"都在那儿堆着呢，我本来打算扔了的，还没来得及处理。"老徐说着，指了指床下的一个搪瓷盆。

染血的衣服有两件，一件是安红的毛衣，一件是老徐的衬衫。翻找中，老丁发现，安红的衣物里除了毛衣都很干净，一双袜子，两件棉袄，外加一条棉裤。

"衣物有啥问题吗？"

"她平时在家要穿那么多？"

"这……我倒没注意……小屋是有点冷，暖气片面积小。"

老丁拿走了那件沾血的毛衣，看了看手表说："我回你家那边去吧。你在这儿守着吧，安红要是醒了，第一时间通知我。"

大茂和晓丹想留下，也被老徐给撵走了，他俩跟着老丁一起出了医院。大冷天的，大茂说让老丁还坐他车走，老丁没拒绝。车里的磁带放着首粤语歌，歌手好像是"四大天王"其中之一。老丁让大茂把声音稍微调小点，他想跟晓丹打听点事儿。

老丁最先问的，是晓丹和安红咋认识的。晓丹说，这事儿，得从她大姑开始说。

她大姑是个算卦的，家里人都信她大姑，就连她爷的病，都是大姑给看好的。那阵子，她和大茂想要孩子，但是一直要不上。大姑就让她多接触孩子，多接触孩子妈，说对怀孕只有好处，没有坏处。

她去洗澡的时候，见到给自己搓澡的安红身边带了个孩子，就跟安红搭了话。再后来，她总去搓澡，和安红就熟了。安红长得漂亮，在都是女人的地方，自然有些不受待见。可后来发生了一件事儿，让安红彻底干不下去了。

晓丹把聒噪的磁带给退了出来，接着自己的话头说："我也是听收拖鞋的大姨说的。我不是总找安红搓澡吗，突然有一天收拖鞋的告诉我，说安红有病，可能要被炒鱿鱼了。我就问她是啥病，大姨就说有天澡堂来了个女孩儿，一眼就认出安红来了。那女孩儿说自己是安红以前在洗脚城的同事。她一进池子看到安红就赶紧把刚脱的衣服都穿了起来，澡也不洗了。后来，那人就找到管事儿的兰姐，说安红这人有精神病，怎么敢用她在女澡堂里干活？但那时候赶上国庆，人特别多，兰姐也就先放着，没动作。还有一次，我带着安红去找我大姑，让大姑帮我看看孩子的事儿。我大姑也跟我说，让我离安红远点……"

"那安红的病，到底是啥病？要是精神病，你见过她发作吗？"

"发作倒没有过……具体什么病我也不清楚……"

"你见过她吃药吗？"

"没有……"

"大茂说你有点怕她，是因为啥啊？"

"也……也不是怕她，就是和她相处久了，有点不自在……"

"你啊，就是太信你大姑了，我看安红对你挺好的。"大茂插了句嘴。

"那你后来，怎么把安红介绍给老徐了？"

"我……我也是知道安红要被开除的事儿之后，想帮帮她。就觉得，给她介绍个男人，她也能有个着落。"

"她有跟你讲过以前的事儿吗？"

"我问过，但是她从来不说。我还问过小连他爸的事儿，她也是直摇头，不吭声。后来，我就不问了。"

"她家人呢？"

"我只知道她家是农村的，她年轻的时候就来省城打工了。家具体是哪儿的我也不清楚。"

"她对小连怎么样？"

车里突然沉默了。

"不好？"老丁反问道。

"咋说呢？不能说不好，只能说一般……有时候，我感觉她和小连不像母子，我也不知道咋回事儿，我就是这么感觉的。小连很依赖她，也很听话。但安红对小连总是冷冰冰的。我猜可能是小连他爸太混蛋了，所以安红才这样的。"

"安红咋样我不晓得，不过老徐对孩子可是一顶一的好。老徐他可能性格木了点，但人绝对是实实在在的好人。中午碰到再大的活儿都不拉，就为了回家给小连弄口热乎的吃。"大茂正说着，地方就到了。

"你俩就别下车了，有什么情况，我会通知老徐的。"

"别，人多力量大，我俩回家了也睡不踏实。"大茂摇下车窗说。

"听我的，你俩回家休息吧，需要你俩帮忙，我再找你们。"

"警察同志，你千万别因为老徐蹲过局子，就……"

老丁隔着车窗，拍了拍大茂的肩膀，叫他放心。

十一点半

　　夜更深了，小区里的路灯心有余而力不足地照着地面，在灯光所不及的地方，老丁只能看到成片的黑暗，仿佛包裹着许多秘密。可等老丁兀自走进那片黑暗里，却发现里面什么都没有，只有自己沉重的脚步，踩着脚下吱呀叫嚷的雪。

　　小灵通嗡嗡振动，老丁接起来，听男小赵汇报搜查结果。

　　男小赵和女小赵是同一年来的所里，俩人不仅同岁，还都姓赵，小赵小赵地叫时，总是两个人同时搭腔，于是，老丁就建议用男小赵和女小赵来区分。

　　这俩人虽然年轻，但都干劲十足。每次一看他们热情洋溢的笑脸，在科室跑前跑后的样子，小马总是往后瘫靠在椅背上，叹着气说道："长江后浪推前浪啊，老了，老了。"

　　这时候要是老丁也在，就会一脚踹在小马的转椅腿上，咬着牙说："来吧，让我这个前浪也推你一把！"

　　男小赵打着哆嗦汇报说，负责搜查的两队同事走访了附近街上摆摊儿的小吃摊主，以及对面楼一楼门市的几家商户，包括一家药房、一家抻面馆、一家朝鲜族大冷面，还有一家司机盒饭。大家都说昨天下雪所以生意不好，但并没有任何异常情况，也没看见什么孩子。

　　男小赵的语气失望，全然没有了平时那种干劲："头儿，咱们接下来怎么查？"

"这回，咱们不打听孩子，打听打听右手上有文身的男人，看看能不能有啥线索。打听完了，再跟我汇报。"

"是！"

撂了电话，老丁抬头望去，小区里亮灯的住户少了很多，也不知道此时小马问了几家了。儿童失踪案可大可小，但是像这次这么复杂的，老丁还是第一次碰到。

此时没有月亮，地上白茫茫的雪泛着冷冰冰的寒光，千丝万缕的线索仿佛织成了一个盘丝洞，老丁每次想探个头，就被不知从哪里射出的蛛丝给粘住。

这时，老丁远远看到老徐家单元楼门前的空地上，小马正奇怪地蹲着，不知在看什么。顺着他的眼神望过去，是一个雪人。

"你小子不查案子干啥呢你？"老丁上去一推，差点儿把小马推了个狗啃泥。

"回来了，头儿……我搁这儿正琢磨呢！"

"琢磨啥呢你？对着个雪人，大晚上的，吓不吓人？"

"这雪人，我俩来的时候就在这儿了，是吧？"

"来的时候我也看见了，咋了？"

"这个雪人有问题！"

"啥问题？"

"不是雪人，是雪，下雪的时间和堆雪人的时间……"

那是楼门前一块类似小广场的空地。前面就是小区门口的那个自行车库，其他三面都用栅栏围了起来。老丁和小马打着手电筒，在栅栏外围的地方停住。手电筒的光亮扫到的地上，洁白的雪平整地铺满了栅栏内的地，而雪人的位置就在这片雪地的正中央。雪人的头上插着几根干瘪的树枝，围着一条蓝灰色的格子小围巾，两只雪碧汽水盖子做的眼睛有一只不知为何耷拉了下来，和铅笔做成的鼻子一边齐。

"雪人是雪还没停的时候堆的。"小马说。

"嗯，不然周围不会没有脚印。"老丁点了点头说。

"没错，今天的雪是凌晨两点之后下的，大概下到三点多，雪人堆成的时间一定在这个时间段内，而堆雪人的人或许可以看到楼门口的人员进出情况。"小马说道。

好巧不巧，这时，一对父子朝着他俩走过来。

雪人正是他们堆的。

男人说，堆雪人的时间大概就是今天凌晨两点半。那个时候，雪下得稍微小了点，但雪花依旧很大。一直生活在南方的儿子是第一次来东北的姥爷家，所以他才会半夜把儿子喊起来看雪。看了一会儿后，儿子突然想堆雪人，所以他就带儿子下楼了。

"咋这么晚了还过来一趟？"

男人笑着说，是儿子怕雪人冷，所以吵着要过来看看，还给雪人带了一件衣服穿。

和男人说话间，围绕着雪人不停跑跳的小男孩儿给雪人披上了一件毛衣。

老丁苦涩地笑了笑，不禁联想到不知此时身在何处的小连，只觉得自己的内心和这个雪人一样，被冷风吹拂得硬邦邦的。

"你们住几号楼？"

男人说岳父家在八号楼，但是那栋楼前面都被摩托车停满了，看到这里有片空地才过来的。

"堆了多久还记得吗？"

男人说没有多久，也就半个小时不到吧，因为害怕儿子着凉，所以大部分都是自己团的雪球。但是围巾是儿子摘下来给围上去的，饮料瓶盖子也是儿子捡来的。

"那是几点回家的？"

男人说是三点左右，因为回家儿子还是很兴奋，睡不着，他妈就唠叨了一句，都半夜三点多了，赶快睡吧！

"那你中途看到这栋楼中间的单元门有人进出吗？"

男人肯定地摇头说没有，楼前自始至终就只有他们父子二人。

小男孩儿却说他看见楼门口一直站着一个奇怪的人，那人戴着帽子和口罩，远远看过去只有一团黑影，他刚要指给爸爸看，那个人就消失不见了……

十二点

和一般的儿童失踪案不同，302的屋子里既没有歇斯底里的母亲，也没有沉默抽烟的父亲，只剩下了老丁和小马两个人。

孩子没找到，现在他俩能倚仗的，只有手里千丝万缕的线索，那些线索一条一条等待着他俩去捋顺展平。

首先，就是小连失踪的时间。根据之前小马的推断，孩子只能是老徐在家的时间失踪的，也就是今天凌晨两点到早晨六点之间。再根据堆雪人父子的话，时间范围可以缩小到凌晨三点到早晨六点之间。

再有，就是小连失踪的方式。房间里没有强行闯入的痕迹，无论是诱拐还是出逃，小连只能是自己打开门锁走出去的。但是，这里需要一个前提，那就是在老徐回家的时候，小连根本不在小屋。如果是这样，那么对于这件事儿，安红一定是知情的。所以……安红到底打的是什么主意呢？

"刚才小男孩儿说的'神秘人'，你觉得是谁？是楼里的住户吗？"老丁问。

"这点还需要核实。"

"走访的邻居中，有类似的住户吗？"

"暂时没有。"小马把自己记的笔记递给老丁，"你边翻，我边说。首先，是隔壁303。房主是个眼镜男，名叫周磊，他说自己很少出门，也不知道这家有孩子。询问过程中，他对啥事儿都是一副事不关己的态度。唯一的疑点是他的腿瘸了，他说是修感应灯摔的，修的就是二楼的感应灯。顶楼那户 501 住着对老夫妇，目前来说没什么可疑的，就是他们心挺大，在老城区住，半夜居然敢不锁门；顶楼还有一户 502，住了个考研的女大学生，平常早出晚归的。他们都说凌晨两点到六点这段时间是在睡觉。还有就是对面 301 的殷大娘，好多住户都反映她的行为怪异，而且都很讨厌她那条狗。再有就是四楼的盗窃案。"

"对，这事儿我正要问你呢，我当时在锁匠那里听说了这件事儿，但没细问。"

小马把自己知道的关于盗窃案的事情讲给老丁听之后，便问老丁有没有啥新发现。

老丁顿了顿，意味深长地说："我觉得，殷老太太的狗死得蹊跷。"

"啥意思？"

"我问你，要是没有人帮忙，被拴住的狗该怎么挣脱狗绳自己跑走呢？"

"那还不简单，使劲把绳子拽折不就行了。"

"狗是你收拾的，那狗脖子上都有啥，你自己想想……"

小马拧着眉毛，回忆不久前的情景，果然发现了不对，惊呼道："狗是被人放走的！"

"没错！我觉得，放走狗的人或许就是忌惮狗吠，才会故意把狗放走。"

"照你这么说，两个案子联系起来了？是文身男把狗放跑的？"小马提高了音量，"可文身男到底是谁呢？难不成是小连的生父？老丁，如果你是文身男，想带走小连，你会怎么做？"

"简单，守株待兔呗。"

"不对……"小马摇了摇头，"第一，按照他砸门的举动来看，他明显是不知道老徐反锁房门这件事儿；第二，就算是真的守株待兔，他会料到兔子半夜三点之后才出门吗？另外，说个题外话——你觉不觉得这屋里一直有一股淡淡的线香味儿？"

"嗯……"老丁猛地嗅了几下，点了点头。

"可这屋里也没有佛像啊？这屋里不仅没有佛像，连遗像也没有……大茂说过，老徐是个大孝子，隔三岔五就祭拜他妈……烧香不一定非要信佛，也可以是供奉去世的亲人，不是吗？"

"没错。之前我们猜测，小连很可能是提前躲在家里的某个角落，可家里一共就这么大，他能躲在哪里而不被回家的老徐看见呢？所以，我猜这里或许有一个密室……"老丁分析道。

"可我们不是都搜过了？"小马皱起了眉头。

"你说会不会是老徐……"

"贼喊捉贼？"

"孩子丢了，安红自杀了，只有他好好的。如果是他参与其中，那么一切就都解释得通了。"

"那他为何要报警呢？"

见小马尴尬地挠了挠头，老丁继续说："当然，现在所有可能性都不能排除。不过，你说的烧香味儿……"老丁起身伸了伸腰，一边念叨着"密室"一边用指关节敲击着墙壁。刚开始声音还很瓷实，可敲到电视背景墙时，声音明显变空了。

"小马，你过这儿来看看！"

"怎么了？"

"你敲敲，这面墙好像是空的！"

空心墙的背后是一个十分狭小的长条形暗室。因为和外面的电视背景墙贴着同一张条纹壁纸，门又做得严丝合缝，所以不易被发现。

老徐把门向内推开后，线香味儿立马浓了起来。

原来，这里供奉着老徐老妈的遗像。老丁站在门口向内望，里面幽暗一片，只有三点红色光芒，是香炉里马上就要烧完的香，再后面，衬着一张遗像。黑白的遗像里，老太太看起来很年轻，笑得也很高兴，咧开的笑眼中两个拉长的瞳孔黑洞洞的。

怎么在这么逼仄的小空间里供奉自己母亲的遗像？老丁不禁脊背发凉。

老徐到底是个什么样的人呢？他一面是大茂口中的好兄弟、大孝子，一面却做出将女友、幼童锁在家中，将母亲的遗像藏在密室中的行为。老丁暂时将疑问搁置在心中，专注眼前的线索。

"小连当时很有可能就藏在这里！"小马觉得，这里是个绝妙的藏身之所。

老丁从外面试验了一下，这扇门不需要多大力气就能推开。不过推门进去之后，房间只能容得下一人站立，就连转身也相当困难。光源昏暗，空间狭小，让身处其中的人呼吸困难。老丁咳嗽了两声，开始四下检查，暗室里没有门了，里面的隔板敲起来也是空心的。

"墙那边是什么？"老丁接着敲了敲，整面墙也是空的。

"那边就是邻居殷大娘家了，这里可能是废弃的管道间改造的，我老婆她妈家也有，不过没这么大。"

这时，老丁的小灵通又响了起来，来电话的还是男小赵。

凌晨一点

男小赵说同事们在附近询问关于文身男的事儿，果然寻到些线索。

首先就是楼下那间小卖部的老板顺子。他说，曾见过一个手上有文身的男人来店里买烟。他样子凶神恶煞的，差点儿把阳阳吓哭，幸亏那天燕子没在。他还说那男的那天浑身的油烟味儿，可能是刚在附近的抻面馆吃过面条。

于是，男小赵又去了那家抻面馆。店里只有个上夜班的大娘，叫朴姨。朴姨交代说，最近是有个满手文身的男的总来店里吃面，而且好像和老板娘有些过节。

男小赵让朴姨联系老板娘，可电话没有通。男小赵问了老板娘的住址，打算稍后去拜访。他还调取了店门口的监控，监控还真拍到了文身男的正脸，就这样查到了他的身份。

李刚，高花乡人，三十四岁，之前在高花乡政府后勤部门工作。李刚的户籍关系上只有一个老父亲，叫李福，现年七十岁，是个干白活儿的，在乡里挺有名。

"知道这个李刚的住址吗？"

"户籍登记的地址还是高花乡，我已经让男小赵去查了，相信很快会有结果。"

"联系方式呢？"

"按照之前登记的手机号码打过去，是空号。另外还查到一部座机，通了，但是没人接听。"

"之前有案底吗？"

"二〇〇〇年的时候曾因猥亵进过派出所，当时的高花乡发展农家乐、采摘园等旅游项目创收，有个女游客在摘草莓时遭到了李刚的咸猪手，不过报警之后很快就和解了。除了这次，还有多次酒驾案底。我让男小赵尝试联系当时负责案件的同事，一有消息马上告诉我。"

老丁又打了通电话给医院，一方面是问问安红醒了没，另一方面，是想问问老徐关于李刚的事儿。

"李刚这名字你有没有印象？认不认识？"

"谁？"

"李刚，高花乡人，三十四岁，之前在乡政府后勤部门工作……认不认识？"

老徐表示否认。

"那你之前肇事案子里那个孩子……他爸叫什么？"

"叫什么我不知道，但是肯定不姓李，那孩子姓罗……"

老丁说，目前来看，小连的失踪很可能和这个李刚有关。但是，还需要进一步调查。

密室的发现并没有给二人带来更多的线索，老丁的思路也陷进了死胡同里。

小马自告奋勇跟男小赵一起去抻面店的老板娘家跑一趟，看看能不能找到新的突破口。老丁一个人守在302，看看表，时间

已经是第二天了，果然，年纪大了，熬不住了。他找了个舒服的姿势倚在沙发上，眯着眼睛用手揉着额头。一阵困意袭来，如同猛兽般慢慢吞没了他的头、躯干和四肢。他调整姿势，倒在沙发上，挣扎之间合上了眼。

昏暗的楼道窄得离谱，只能容纳一个人上下楼，右侧斑驳的白墙上挂满镶在相框里的黑白照片，上面的人脸模糊不清，眼珠又圆又黑，空洞地盯着前方。

老丁每上一层台阶，线香的味道就更浓一点，呛得他嗓子眼发紧。拐过缓步台，前面有几点红色的光斑星星点点地闪烁着，中间的那扇门上，用血红的大字漆着302。

眼看着就剩下那么几级台阶了，可老丁的腿怎么也抬不动。咔嗒，门开了，从门缝儿探出一个圆溜溜的小脑袋——是小连。他光着身子，光着脚，像泥鳅一样从门缝儿里滑出来，跑下楼梯。来不及躲开，孩子竟然如同幽灵一样穿过了老丁的身体，一口气跑下楼去，只留下吧嗒吧嗒的脚步声。老丁低头，台阶上不知何时落满了雪，可上面却没有留下小连的脚印。

老丁是被噩梦拉扯醒的，时间刚好是凌晨四点半。他摇摇头，试图把刚才惊悚的梦从脑袋里甩出去。

那个梦，不吉利。

他看了一眼手机，里面躺着小马的三个未接来电。来不及伸个懒腰，老丁赶紧给小马回了电话。电话中，小马说他查到了十分有用的信息，正在火速赶回来的路上。

早上五点

十二月的省城天亮得晚。屋子里很暗，线香味儿依旧萦绕其间，所见之景和刚才的梦境重叠，让老丁浑身不自在。

小马把刚买的早点放在茶几上，里面有一碗豆腐脑儿、几根油条，还有俩茶叶蛋。小马说他吃过了，这些都是早市买来的，让老丁边吃边听汇报。

趁着老丁磕开第一个茶叶蛋，小马说自己带回来了四个消息。

首先，是李刚的资料。昨晚，男小赵终于联系上了李刚的父亲李福。据悉，李刚在乡政府工作时，是前任乡长金有来的专职司机。金有来退休后，李刚也主动离职。后来，李刚与父亲李福一起在乡里干起了白活儿。

李福多次强调，李刚回村后十分能干、孝顺，生意做得十分红火。李刚目前未婚，也没有固定女友，名下有一辆"金杯"，留在家中未开走。他在高花乡有两处房产，在省城没有租房和买房信息。大概两个月前，他在接了一个电话后突然离家，其间一直没有与家里联络。同时，李福还给了警方李刚的手机号码，但小马多次拨打都是关机状态。

第二个消息是押面店的老板娘提供的。老板娘叫何小翠，她承认李刚最近来过店里数次。她与李刚的确是旧相识，并且李刚提过，自己最近正在找一个孩子。

"何小翠和李刚是什么关系？"

"何小翠是李刚的前女友。"

"她知道李刚现在在哪儿吗？"

"她不清楚，也没有李刚现在的联系方式。"

"那李刚的其他社会关系呢？"

"通过交叉调查，李刚与徐伟以及当年被徐伟撞死的男童的父母都没有任何明显的社会关系。"

"何小翠认识安红吗？"老丁问。

"不认识，你怀疑安红也同何小翠一样，是李刚的前女友吗？"

"李刚来302敲门，如果不是冲着老徐，那便是冲着安红和小连。一栋楼住着的邻居大多都不知道小连的存在，他怎么会一清二楚？"

"是啊，知道小连的人不多。我能想到的一是老徐开出租的哥们儿，二是晓丹以及安红之前工作时的同事。"

"不止，你看这个！至少，还得加上这个叫春英的女人。"

老丁把昨儿老徐给的那封信，掏出来给小马："你等会儿再仔细瞅，你先说说第三个消息。"

"昨晚我不是把狗尸和安红的血衣顺路带回所里了吗？半夜我给鉴识科的小魏打了个电话，软磨硬泡让他帮个忙。化验结果今早出来了——狗胃里的东西，不是耗子药，是农药。"

"农药？"

"很平常的那种，一般的种子店都能买到，估计是混在了肉罐头里喂给狗吃，而且剂量不小。所以狗的死，是人为的无疑。"

老丁重重地叹了口气："最后一个消息呢？"

"是毛衣上的血……"

"是经血，对吗？"

"嗯。"

"看来，安红的自杀是精心计划过的，而且，小连的失踪一定也在安红的计划之内。"

短暂的沉默后，老丁和小马心照不宣地对视了一眼。

昨天的他们仿佛被蛛网缠住的猎物，翻来覆去挣不开身，只被那层层叠叠的丝缠得更紧。而现在，案件仿佛一只挣脱掉躯壳的蚕，撕破蛹壳，化蝶飞向黎明。

天越来越亮了。

这时，老徐从医院打来了电话，他带着哭腔不断地重复着一句话："安红失踪了，安红失踪了！"

第七章

五个女人（四）

安红

大凤儿

小翠儿

张静

沈君华

安红

二〇〇四年七月，安红在小屋里给春英写回信。

亲爱的春英：

展信佳。

收到你的来信，我很高兴，我一遍一遍地摸着信纸上你的字迹，爱不释手。

知道你过得不好，我很难过，我读着那些述说你苦难生活的文字，心如刀割，一如你离开的那天。

我不想瞒着你，其实我过得也不如意，有可能比你还糟，或许这样你会觉得好受一些。

我也找了个男人。请原谅我没有第一时间告诉你。但是，你当初去广州，不也没告诉我就一走了之了吗？

所以现在，是轮到我们一起后悔了，对吧？

你或许想知道我找的是个什么人？但是，我没办法回答你，这个故事说来话长。

前阵子，我遇到了一个女孩儿，她很像你。我和她成了朋友，就像一开始的我们那样。

这个男人就是她介绍给我的。

男人是个本分人，我想留在他身边，跟小连一起等你回来。

唯有一点特殊，他杀过人，死的是一个男孩儿，一个和小连一样不会说话的男孩儿。

读到这里，你一定很震惊，但别担心，他对小连很好，反而是我，对小连很糟。

因为我将你的离开反复迁怒于小连，我很抱歉。

收到你的信之后，我很高兴，小连也很高兴。我想带着小连去广州看你，但是，他发现了你写给我的信，还有后来你寄给我的去广州的车票。他愤怒了，收走了我的钱和家门钥匙，不允许我和小连出屋，像对待囚犯一样对待我俩。我猜，这办法是他从监狱里学来的。所以，去广州的事儿，只能搁浅了。

白天还好，他把我和小连反锁在家里。我没办法用电话，门外面还总有狗在叫，但我可以和小连在屋子里转转，我会带他去窗子边吹吹风，晒晒太阳。有时候，我还会教小连认字，就认你来信上的字。

现在，简单的汉字他都会写了，就是左和右两个字总是弄混。但小连自己想了个办法，用笔在左手上描了个"左"，在右手上描了个"右"，成天练习。有时候我还会教他画画，他画了一幅画，上面是咱俩一起牵着他，在草地上玩耍，好像之前我们在劳动公园湖边那次……可能你已经不记得了，但是我一直都没忘。小连长高了，也长大了，我抱不动他了，估计你也抱不动了。

顺便告诉你，我的手语越来越好了。我比画对了的时候，小连就会吹你留下的那支口哨，嗡嗡嗡，吹得响极了。

可一入夜，便是最难熬的时候。男人会把我和小连住的小屋从外面锁上。屋里没有窗，要是不开灯，屋里就像个黑棺材。小连最怕黑了，现在，我也开始有些怕了。我会唱以前你常唱的儿歌给小连听，我还在儿歌里编了新的内容，只有这样，小连才会睡得安稳。

我很想你，小连也是。除了想你，我最近一直在想，如果你没有离开，现在我们的日子，会是什么样呢？

你可能会纳闷，被关着的我，是怎么顺利寄出这封信的？你说过的，生活总会有办法的。所以，等我们见面时，我再告诉你吧。

期待你的回信。越快越好。

祝你我都好！

安红

安红终于写好了信，她把信对折再对折，叠得板板正正的，放进信封里，然后从抽屉里拿出一本书，书中夹着之前剩下的邮票，她用吃剩的米饭粒儿将那邮票粘好。

此时，小连正在给瓶子涂色，安红嘱咐他，要画不多不少七种颜色。画画的颜料是晓丹送的，刷子是之前老徐漆暖气片剩的，瓶子是装牛奶的玻璃瓶。

小连弄了一身的颜料，但笑得异常开心。他一边挥舞着刷子一边用手语问安红："为什么要画七种颜色呢？"

"红橙黄绿青蓝紫，小连不记得了？有一次雨停的时候，天空中出现了美丽的……桥……"安红解释着，可她不会比画手语的桥，更不会比彩虹。

小连好像听懂了，他跑到屋里，从一堆识字卡中找到了彩虹的那一张。

"我好想再看一次，和妈妈一起。"

乖，快了，小连，再等一等，耐心地等一等。

安红摸着小连的头，暗自下决心，一定要带着小连从这里逃出去。

大凤儿

二〇〇四年八月，立秋了，可天还热着。

作为大龄产妇的大凤儿在东亮的劝说下，终于决心拉下脸来，和单位提前请了假，安心在家待产。大凤儿觉得这样也好，最近她总是心神不宁的，不光是因为预产期不远了，更是因为那通早就该打来的电话，一直没有响。

从老金拿走钱夹到现在，大凤儿一直提心吊胆的。

或许老金早就把钱花光，把钱夹扔了吧？就算没扔，估计老金也找不到钱夹里的暗层。

而且二龙长大了，也变样了，即使看到照片，老金也认不出来的，对吧？

昨晚折腾了半宿没睡着，天都亮了大凤儿才勉强入睡，等到她从床上惊醒的时候已经中午了，正是热的时候。一后背的汗打湿了身上的线衣，但大凤儿出的是冷汗。

大凤儿踢开压在身下垫肚子和手臂的枕头艰难起身，顺手拢了拢头发。她没什么胃口，托着肚子来到厨房，准备给自己下点挂面，垫吧一口。

刚把洋柿子扒拉烂糊，客厅的电话就响了，吓了大凤儿一跳。

很少有电话打到家里来，因为几乎没人会找她。找东亮的，一般会打到单位去。

"啊——"肚子里的孩子踢了大凤儿一下，她疼得叫出声来，心中生出一缕不祥的预感。

大凤儿没关火，慢慢移步到餐桌边，俯身拿起听筒。

"喂？你没去上班？单位说你怀孕了，都要生了，你想瞒我到什么时候？"

老金的话，密得像连珠炮，轰得大凤儿下意识地退了半步，一个趔趄差点儿没站稳。

他的嗓门依旧大得要命，但不难听出来，他的语气是欢快的。

是啊，他要当姥爷了。

"行了，我没啥事儿，你好好在家养着吧，等我忙完了手里的事儿就去看你。"

"那个……你来的时候，最好把钱夹还我。"话刚脱嘴，大凤儿就有点后悔。

"钱夹？啥钱夹啊？啊，就上次从你包里拿那个？我都忘了放哪儿了，不行我给你买个新的。"

"算了，不用了……"大凤儿想捶自己，明明老金已经忘了钱夹的事儿了，自己这样说，简直此地无银三百两。

"行了，挂了。"电话挂断了，嘟嘟声传来，可大凤儿还抓着听筒愣在原地。

暂时逃过一劫。大凤儿放回听筒，厨房传来了煳味儿，糟了，锅里的洋柿子煳了。

两天后，老金再次打来电话的时候，大凤儿彻底参透了"自作孽，不可活"这句话。

"你钱夹里的照片哪儿来的？"

"二龙给我的……"

"二龙现在在哪儿？"

"我不知道……"

"金大凤，你最好跟老子说实话，二龙在……"老金的话还没说完，大凤儿的食指已经死死按下了电话上的挂断键，按得指甲尖都发了白。

想吐。大凤儿想把听筒放回去，可放了好几次都对不齐。

只平静了片刻，电话又响了。急促的声音好像变成了老金穿着皮鞋的脚步声，步步逼近。

大凤儿慌不择路地拽掉了电话线，挺着肚子快步来到书房里翻找纸盒。她和二龙通信的次数不算多，寥寥几封，淹没在了装着各色文件的大盒子里。

啊，这儿呢！大凤儿抓了信，逃命一样套了件外套就出了门。二龙信封上的地址打车过去应该不到半个点。她知道老金打不通电话，一定会来家里抓她。在这之前，她决定去见二龙一面。

信封上的地址很详细，门牌号所指的是街边的一家串店。店门口有个大铁笼子，里面关着几只鸽子，个个蔫头耷脑的。店里暗着，还没营业。大凤儿探着头走了进去，地上铺的瓷砖油渍麻花的，有些粘脚。最里面，有人正弯腰擦着桌椅，抹布一来一回，声音刺耳。

"是二龙……吗？"大凤儿上前拍了拍那人的肩膀。

二龙回了头，看到是大凤儿之后，笑了出来。

二龙的唇角挂着绒须，眼窝也有些凹陷，和记忆中那个青涩的高中生不一样，和婚礼那天出现的少年也判若两人。大凤儿也变了，肚子里的孩子让她的鼻子变大了，手脚肿胀，走起路来像个缓慢挪动的酸菜缸。

二龙放下抹布，转身端了个塑料脸盆，里面装着些肥瘦相间的肉，示意大凤儿跟他去门口。他看到了大凤儿的肚子，给大凤儿搬来个塑料凳子，顺道用袖口擦了擦，自己则蹲在一旁，穿起了串。

二龙搅动着盆里的肉，肥肉和瘦肉互相缠绕着，唧唧作响，声音和气味让大凤儿有些想吐。大凤儿强压着咽了几口唾沫，撇开视线，长话短说。她告诉二龙，老金在找他，让他最近多加小心。

二龙抿嘴笑了笑，好像并不在意，而是用带着血水的手指了指大凤儿的肚子。

"快生了，也就下个月。"

二龙点了点头，用手比画着，问大凤儿是男是女。

大凤儿摇了摇头，说没查性别，但很多人说像是男孩儿。

二龙比着说，男孩儿好，男孩儿像妈。

大凤儿摸着肚子，笑着说："是啊，都说男孩儿像妈。"可刚说完，自己就怔住了。男孩儿像妈，那二龙，长得应该很像妈……

大凤儿这才意识到，自己的记忆中已经完全没有了母亲的模样，那个短暂又快乐的童年化作一团模糊不清的阴影，消失在脑海深处。

二龙其实长得很清秀，尤其眉眼，那一刻，大凤儿仿佛在二龙的笑眼中，看到了妈的影子。

二龙把手上的血水抹在胸前的围裙上，从上衣的口袋里掏出一张照片，递给大凤儿。照片上，像是一户人正在搬家，满地的纸壳箱子，箱子缝隙里，坐着一个孩子，看样子大概五六岁，照片的一角，还有个女人的背影，梳着麻花辫。

“是谁？”大凤儿问。

二龙笑笑，没回答，仰头朝着对面望去。

街对面是一栋五层的老楼。二龙比画着手语，说自己要找的人，就住在对面。等过一阵儿，自己也会搬过去。

“你现在住哪儿？”

二龙回头，朝着最里面瞅了瞅，表示自己就住店里。肉味儿再一次钻入大凤儿鼻孔里，她只好捂着嘴起身。

二龙的 BB 机响了，是老板，二龙回身把串好的串送回屋里。大凤儿在门外喊了一嘴自己先走了，把那张照片轻放在桌子上。

照片上的女人和多年前自己在家门口撞见的那个女孩儿身影重叠在一起。

那是个周末，家里难得没有人。天气很热，大凤儿只穿了一件背心，坐在阳台上，一边吃西瓜，一边写作业。可刚写到半道，老金突然回家了，手上拎着肯德基的袋子，和他一起回来的，还有个不认识的叔叔，皮鞋踩在地上和老金一样咔嗒作响。老金让大凤儿叫他薛大大。

薛大大摸了摸她的头，手搂上她的肩膀，问她做的是什么功课，他嘴里一股难闻的烟油味儿，熏得她无处可躲。

老金见状连忙来轰大凤儿去奶家写作业，可大凤儿吵着要吃肯德基。老金没答应，说肯德基是买给弟弟吃的，等她晚上回来再吃。也就是在出门的时候，大凤儿碰上了刚从学校回来的二龙，还有自己此前从没见过的那个女孩儿。

麻花辫，白裙子，是她。

可，照片上那个孩子呢？

大凤儿快步离开，一路上，她脑海中穿针引线一般，编织着二龙离家出走的原因。

她没回家，而是告诉出租车师傅，找个最近的肯德基停。

大凤儿已经几个月都没闻油炸的味道了，自己怀孕后，家里的饮食以清淡为主。可现在，大凤儿突然馋了。炸鸡翅、炸鸡块、炸薯条，灯牌上所有熟悉的，大凤儿点了个遍。

油腻的味道让大凤儿连连作呕，在五脏六腑的挤压下，眼泪翻涌而出。

大凤儿用手背摩挲着一片狼藉的脸颊，突然萌生了一个想法 —— 她想帮助二龙，帮助那个女孩儿，虽然此刻她还不知道该如何做，但是她必须这样做。她想把一切都拨回正轨，她的弟弟，她的父亲，还有她的人生。

她摸了摸自己滚圆的肚子，觉得自己好像一只深居在虫洞的蜘蛛，而洞口，已经被她用蛛丝封得密不透风。

如今，她打算亲手撕开自己编织的层层丝网，她清楚地知道洞外等待着自己的是什么，但是这一次，她不打算退缩。

张静

二〇〇四年，时间来到九月。

张静去楼下的小卖部买了两根鸡肉肠，见看店的是燕子，便顺势坐下来，打算一边聊天，一边盯梢儿。

"阳阳呢？楼上玩吗？"

"和他爸进货去了。"

"啊，阳阳的手没事儿了吧？"

"没事儿了。"

"打针遭了不少罪吧？我也打过，球球就认我妈一个，发疯的时候连我也不放过，我劝过我妈好几回别养了……这回好了，阳阳出事儿把她吓够呛，买的狗绳也拴上了，放在以前她是死活都不拴的。"

"嗯。拴上好，安全。"因为这事儿，一向好脾气的燕子和殷大娘红了脸，给顺子也吓了一跳。但碍于张静是阳阳幼儿园的帮厨，殷大娘怕影响女儿工作，还是认了怂，掏了打针钱。正好聊到阳阳，燕子便说有件事儿想向张静打听。

"张老师，之前听院里几个家长说，工人村幼儿园要黄了，你知道吗？"

张静努着鼻子点了点头，无奈地说："不过阳阳不是要上小学了吗？不耽误。"

"明年上，生日小……"

"女孩儿晚上一年也挺好的……对了，你那保姆的活儿，咋不干了呢？"

"不干了，等阳阳上学以后再说吧。"

"那家的老头儿最后咋样，是瘫了吗？家属是不是还找你闹过一阵儿？"

这时，俩农民工进来买烟，燕子转身去招呼生意。

张静侧着身子探了脑袋出去，见隔壁的理发店正好走出去俩半大孩子，一个顶着绿毛，一个顶着黄毛，便跟燕子摆了摆手，走了。

张静决定去剪个头发。她发过誓，不会再去楼下的理发店，但今天，她不得不去。

站在门口犹豫半天，张静才进去。屋里此时生意冷清，一个客人也没有，正合她的意。

门口的红头发小妹儿斜着靠在柜台后面，嚼着口香糖，嘴里啪唧啪唧响。见人来了，也没打招呼，半晌才问了句，剪头还是染头？

张静说，就剪个头。

红发小妹儿扯着嗓子喊了嘴球哥，又低头摆弄起指甲盖。

张静打量了她两眼，自顾自地躺在了洗头床上，闭上眼睛，琢磨着一会儿该怎么开口。宋煤球从里屋出来的时候，叫小妹儿准备洗头，还说没看到客人已经躺下了吗？

宋煤球拍了拍张静的肩膀，说给她脖子下垫条毛巾。

张静哦了一声，起身，这才被对方认出来。

如张静预料的一样，宋煤球支走了那个红发小妹儿，顺便还挂上了暂停营业的牌子。

店里只剩下他俩了。

宋煤球的手指有点凉，他手忙脚乱地把毛巾掖在张静的衣领后面。水温被调高了，温柔地浇在张静的头发上。

"你……你咋来了？剪头？"和以前一个样儿，宋煤球一紧张，说话就有点结巴。

张静睁开眼睛，直直瞅了瞅他的眼睛，看得宋煤球有点发毛。

"就来剪个头，顺道看看你，我俩，得有好几年没见了……"

"啊……是……自从……啊，是好久了……"

"你这生意咋样？"

"就这样，没啥人，去年差点儿就黄了，现在凑合着，就过年过节人能多点。"

洗发膏很香，闻得出来，是带牌子的，搓在头上的瞬间，张静觉得心里一痒。

"你头发挺干净，起了好多泡儿。"

"是，我昨儿刚洗的。"

"你头发总是干干净净的。"

手指在头皮上抓弄着，力度不重不轻，一下一下，扰乱了张静的心绪。现在开口吗？说吧，要不，来这儿干吗来的？不行，不行，再等会儿，等会儿剪头的时候再说吧。

头洗完了，张静坐在理发凳上，正对着的是面大镜子。很大，全身都能照得到，连同身后红着脸的宋煤球。张静别扭地挪了下屁股，低下头，抪了抪脖子上围着的塑料布。

"那啥，刚才门口那姑娘，她就是帮忙的，平时洗洗头，扫扫头发啥的，懒得不行，成天不干活儿，我就看她可怜，留下做了学徒……"

"挺好的，有人能帮帮你，挺好。"

宋煤球挤弄着眼睛，轻轻散开包在张静头上的毛巾，问："剪啥样的？"

"老样子吧，你还记得吧？"

"记得，记得，当然记得。"

一绺绺的头发顺着塑料布滑落下去，张静开了口。

"这边的幼儿园快黄了，我要搬走了，合计过来和你说一声。"

"啊……啊，搬哪儿去啊？"

"三台子那边。我找了份新工作，合计租个房子，离得近，上下班方便。"

"啊，挺好挺好。啥时候你搬家，喊我，我给你帮忙。"

"那倒不用……"

"也是，你让你男人来就行……"

"他也不来，我也没啥东西，家电啥的，都留在这儿，这边房子还得往外租呢，要不拿啥钱去租那边的房子啊。"

"你妈……同意了？"

"没呢……"

"你妈没同意，你咋……咋搬啊？"

"不管她同不同意，反正我是住不下去了……"

说这句的时候，张静带了几分真情实感的哭腔，挤了挤眼睛，眼角居然流下了一滴泪。

"咋还哭了？"宋煤球愣了一下，手里的剪子也停住了。

张静从塑料布底下伸出手想去擦眼睛，却被宋煤球抢了先。太阳穴边，留下男人一抹冰凉粗糙的触感。

趁热打铁，就是现在。

"其实，我想让你帮我个忙。"

"啥忙？你别哭，我啥忙都帮你。"

"也不是啥重要的事儿，你要是觉得为难，别答应就是了。"

"不为难，你说吧。"宋煤球的剪子又动了起来，他在心里暗暗下了决心，就算是上刀山下火海，小静的忙，自己也得帮。

半个小时后，头发终于剪完了。张静是短发，头发一吹就干了。宋煤球给她抹了点玫瑰味儿的发油。张静夸了句好香，宋煤球挺着胸说这可是进口货，要好几十一瓶呢。临走之前，他还把发油给张静装在塑料袋里让她带走。

沈君华

二〇〇四年，十一假期刚过完，沈君华走进了宏运中介。

那天，她精心打扮了一番，特意戴了副茶色眼镜，换上了一件浅蓝色的中长款风衣，扎着马尾，踩了一双白色短靴，斜挎了一个白色小包。另外，她还带上了前几天刚托人办的假身份证。

身份证上的名字很俗气——贾桂芬。身份证上的年龄，也比她实际年龄小了好几岁，所以她才想着打扮得年轻一些。

一个穿着皱巴白衬衫的年轻男子从座位上起来，小跑着上来搭话，样子精明。他自我介绍说他叫小贾，是这里的房产顾问。听沈君华报出贵姓后，他一口一个贾姐地叫着，还说他俩祖上肯定沾亲带故，真是有缘。

沈君华被引到了红色木桌子前坐下。她把小包放在膝盖上，掖了一下鬓角的碎发后，开门见山地说，想租郭家小区五号楼二单元的房子，不知道现在有没有房源。

小贾从墙角的纸箱子里取出一沓一次性纸杯，从最底下拔出一个，又从饮水机里接了一杯水递了过来，笑嘻嘻地说："肯定有，放心吧姐，我手里的房子最多了，你先喝口水，我这就给你查。"

小贾拿出一大摞的文件夹，挨个翻着。

屋子里烟味儿很重，除了小贾外，旁边桌子的电脑后面，还埋了两个同样裹着白衬衫的男人，大致也是中介。两个人背后墙上密密麻麻地贴满了Ａ4纸打印的房屋信息，而小贾背后则有个门，里面约莫是领导的办公室。

"有了，我看看啊，五号楼二单元……"小贾眯着眼睛，面露难色，"哎哟，姐，现在二单元只剩两套房子在租了，一个二楼，一个四楼。姐，你想租多大的啊？一个人住吗？你要是自己住，我觉得四楼就挺好，二楼那楼下是个门脸儿房，万一哪天干个烧烤啥的，烟熏火燎的，没法住人。"

"哦……"沈君华愣了会儿，心里盘算着，四楼也不错。

小贾以为女人犹豫了，紧跟着接道："401是个单间，虽然面积小，但五脏俱全，床啊，电视，冰箱，应有尽有，拎包就能直接住，你看咋样姐？"

"房东是什么人，你认识吗？"

"房东是个女的，岁数和你差不多，就住你楼下，301，这住得近，有啥问题，也随时沟通，东西坏了啥的，随时就修，多方便是不？"

"三楼没有空房是吧？"

"我瞅一眼啊，三楼，真没有……"

"哦……"

"姐，跟你说个小道消息，其实呀，也不是什么秘密了，这一片儿啊，这几年就要动迁了，所以呀，买比租更划算。而且，这里不远就是长客站，以后升值肯定是没跑儿的。"小贾把声音压低，挤眉弄眼地跟沈君华说。

"不好意思，我只想租。"

"哦……没事儿，那姐，你要想租，我这个做弟弟的，还能给你优惠。"

"二单元没有别的房子了吗？"

"哎哟，姐，跟你老实交个底儿，二单元的房子啊，就属这个最好了，你要是想看看其他单元的或者其他楼的，倒是还有不少！挨着的十号楼二单元就有个新装修的房子，房主是对小夫妻，一天没住，还是三楼。"

"不好意思，我只想租二单元的。"

"奇了怪了，这二单元的房子怎么这么抢手啊，就你进门前十分钟不到，刚签出去个二单元的单子，就402那户。"

"402？中间户是吗？"

"是呀，你看，这合同还热乎着呢。"小贾从旁边一个宝蓝色文件夹里抽出几张纸来，晃了晃说。

"402的房主你了解吗？"

"402啊，那房主好像是没了，房子给了儿子，不过儿子也出国了，就挂在我们这儿租着。但姐，这402都已经租出去了……"

"不是才租出去吗？难道不能反悔吗？说实话，我不喜欢房东住在楼下，我就想自己清静住着，别三天两头上门那种……"

"但这租出去的房子合同都签完了，姐，白纸黑字的不能说反悔就反悔，别看咱这是个小中介，也得讲信用不是？"

"如果我也想租402的话，没有其他办法了吗？"沈君华透过墨镜盯着小贾，没有退让的意思。

"姐，你这……不是为难我吗？"小贾露出狐疑的表情。

"我诚心租，钱这方面，不是问题……"

"姐，我一看就知道你不是差钱的人。这办法嘛，也不是说没有，这合同是死的，但人是活的啊……"小贾用纸掩着嘴，压着嗓子说。

"只要你能办得成，不会少你好处，你看……如何？"沈君华用手比画了个三，她估摸着这个数字可能比小贾一个月的工资还要多。

"姐，这好说，好说……"小贾再次压低了嗓门。

"你要是能办成，签了合同就给你，现金，一分不会少。"

"那行，放心吧姐，我办好了，就给你去电话，到时候，你直接过来签约就成。"

"没问题，我会直接带着钱来。"

"姐，不过这事儿，你可别和我们经理说啊……"小贾把头往身后那扇门撇了撇。

"放心。"沈君华说完便从椅子上起身，轻轻整理了一下衣领后，快步离开了。

沈君华走后，小贾默默在心里盘算着，这个奇怪的女人为何非要租402不可呢？那小区里待租的房子不说上百也有个几十间吧，为啥偏偏要租五号楼二单元的呢？

至于如何完成这个肥差儿，小贾早就心中有数，无非是搞个房主突然不租了之类的幌子，想骗刚刚租走402的那个老实巴交的小伙儿，简直易如反掌，说不定啊，连违约金都不用赔了。

他抽出刚才那份合同，找到上面手写的一串座机号码，拨了过去。响了两声后，他突然撂了电话，还用手敲了敲自己的脑袋。唉，自己这不是傻了吗？才一会儿就忘了那小伙儿是个哑巴……

沈君华没料到这么快就接到了中介的电话。她刚把车停到翡翠园，电话就响了。果然，有钱能使鬼推磨，何况一个小中介呢。可对方却在电话里说，这事儿有点棘手，因为对方是个哑巴，电

话打过去没人接。不过自己肯定有办法找到那人，只是要多等几天，事儿肯定能办成。

哑巴？沈君华心里一紧。

"算了，我还是租 401 吧。"

"啊……那……那行，姐，那你随时过来签合同就行。"小贾没料到沈君华会放弃，到手的肥鸭子不翼而飞，小贾的嘴皮子也打了架。

"好，我明天就过去。"沈君华挂断了电话，从小包里拿了钥匙，开锁进屋。

沈君华没脱鞋，穿着靴子径直走了进去。靴子的鞋跟敲击着地板，发出咔咔的声音，居然还能听到些许回音。屋子里有一股闷闷的气息，阳光斜射进来，将无数细小的尘埃捕捉在眼底。离婚后，这房子留给了她，罗永昌只抬走了他心爱的红木茶几和餐桌。如今，剩下的家具上都罩了薄薄的白布，里面依稀透出轮廓和棱角来，看起来凄凉又诡异。

小罗去世、打官司、闹离婚，桩桩件件，历历在目。沈君华从那之后几乎没回过这个家。身边人劝她把房子卖了，可沈君华都只是摇摇头。这间房子对她而言，就像一个巨大的沙漏，里面装满了她和小罗的回忆。从自己怀孕到难产，从小罗出生到去世，所有的辛酸苦辣与快乐时光，都曾在这个房子内上演。其中，也包含着她和罗永昌新婚的甜蜜，迎接新生命的期待到最后的同床异梦。

再等等，她想等所有回忆的沙都漏完。然而，仿佛有一双无形的大手，每次当沙快要漏完的时候，就一下子把它倒转过来，陷入了又一个流沙的循环。

沈君华很清楚，这双大手的主人，正是自己。

她穿过客厅，走到原来小罗的卧室门口。房门关着，门上还挂着个"Welcome"的木牌子。沈君华好像听到了小罗在房间里奔跑时啪啪的脚步声，而自己握在门把上的手却颤抖个不停。

不行，还不是开门的时候。再等等，等妈妈做完了这件事儿，妈妈就进去陪你，永远都不离开。

小翠儿

二〇〇四年十一月初。

上午店里的客人不多，算上刚进门的年轻女人，只有三个。小翠儿抓起点菜本过去，问她吃点什么。

女人眯着眼睛，望着墙上的菜牌，磨蹭了半天，点了一碗热汤鸡丝面，不要葱，打包。

小翠儿向后厨吆喝着一碗鸡丝面，然后解了围裙，准备出门，却被刚才的女客人叫住了。

"你……你是何小翠？"

被认出的小翠儿有些不知所措地点了点头。

"是我啊，蒋文文，以前住你上铺的，你忘了？"

啊，是她。

蒋文文穿着一件卡其色风衣，里面黑色高领毛衣的褶皱里，坠了一条珍珠项链，圆润饱满，让人挪不开眼睛。

"差点儿认不出你了，那时候知道你退学了，我们寝室都炸锅了，开学回来，看到你空空的床铺，我们都难过得哭了呢……"

突如其来的重逢让小翠儿杵在原地，不由自主地抿着嘴唇，用出汗的手心胡乱抹了抹耳后蓬乱的头发。

"没想到，这么多年，居然在这里碰到你了。看来，咱俩上下铺的缘分还没有尽呢！"

正愁不知道咋开口，打包的鸡丝面好了。

小翠儿从柜台的纸盒里抽了副一次性筷子，架在系好的塑料袋上，递给了蒋文文。

临走前，蒋文文顺了一张订餐名片，又说下次一定再来，然后掀开门帘，推门而出。

糟了，她不会以为自己是个服务员吧？可就算她知道自己是面馆的老板娘，又好到哪里去呢？最坏的是，她说下次再来。

头顶的小电视里说着省城即将迎来寒潮，接下来响起了整点天气预报。

来不及了。

小翠儿从早市买来的水果里挑了一兜黄元帅，外加一把香蕉，套上俩塑料袋，就往外走。今天公公和婆婆没来店里，公公的心窝疼，婆婆留在家里照顾，还好今天店里这时间人不多，快去快回就能赶着饭点回来。

啊，桃罐头。小翠儿差点儿忘买了，大力嘱咐过她，他爹犯病的时候啥也吃不下，就好来上一口桃罐头。小翠儿想起来，婆婆家楼下好像有家小卖部。

这家小卖部，小翠儿还是第一次来，店里冷冷清清的，东西倒是摆得规整。

"你好，请问有桃罐头吗？"

"有……在里面，我给你拿吧。"说话的是个女人，她放下了手里的书，绕到货架深处去。她看起来和自己差不多大，样子有些面熟。

楼道里又窄又黑，台阶也又窄又小，一走过，尘土在爬进缓步台的阳光里张牙舞爪。路过三楼，猝不及防的狗叫吓了小翠儿一跳。虽然知道三楼左边那户养了狗，可每次来，小翠儿都会忘记这茬，每次都被惊得浑身一激灵。两瓶桃罐头在塑料袋里打架，一边相互磕碰着，一边齐心协力地往下坠。提着东西一口气爬上五楼，确实让小翠儿有点吃不消，她喘着粗气敲门，才发现门开了道缝儿，没锁。

推门进屋，小翠儿把东西放在门口才开始换鞋。屋里静悄悄的，好像没有人，但地垫上摆着老两口的棉鞋，进了里屋，才发现老两口都躺在床上睡着了。

"爸，妈……"小翠儿轻轻叫了两声，老太太醒了。

"唉，翠儿，你来了……"老太太推着小翠儿出去，带上了卧室门，"你爸刚吃了碗粥，眯着了，没啥大事儿，睡一觉就好了。你咋还来了，店里今儿不忙啊？大力咋没来呢？"

"不忙，今儿没啥人，正好过来看看。"

"大力呢？"

"他去工地那边送餐了，要不他想一起来的。"

"哎哟，让大力别折腾了，送餐多累啊，这边没啥事儿。"

"行，那我先回店里了，前面就朴姨自己，我怕她中午忙不过来。"

"行啊，回去吧，这水果带回去吃吧，我这冰箱里还有不老少呢。"

"留下吃吧，还有桃罐头，大力特意让带来的，说爸一难受，就爱吃这个。"小翠儿一边说，一边弯腰提鞋，临出门的时候又嘱咐道，"对了，妈，你这门千万记得锁，老楼不安全，你和爸千万别忘了。"

"哎哟，知道了，知道了，我和你爸就是在农村住惯了，冷不丁地住楼了，老把这事儿给忘了，你走吧，我这回不能忘了。"

门哐的一下关严实了。

这回是真的锁上了。小翠儿把身上的棉袄裹了裹紧，下了楼。逼仄的楼道下楼的时候更加困难，下到三楼，熟悉的狗叫声再次响起。小翠儿突然觉得有些委屈。

同样的楼道，还有狗叫，恍惚间，小翠儿又想起了那个晚上——

她和老何赌气，拉着箱子从村里坐小巴去了省城。刚下车，就在路边的 IC 卡电话亭给刚子打了一个电话。刚子开着车来接她，满身的酒气挥之不去。小翠儿说自己饿了，刚子就带着她去了一家春饼店。吃饭的时候，刚子灌了她一小杯白酒。然后，她就鬼使神差地跟着刚子回了家。

小翠儿还记得，刚子的家也在这样逼仄的楼道里，一路循着黑暗找过去，半路上的住户家里也有一只发疯一样狂吠的狗。

人生的转折总是在不经意之间，好的算，坏的也算。

当时的她怎么也没想到，短短几个月内，她就经历了怀孕、流产、退学、背井离乡。

如果不是那个决定，自己现在怎么会站在逼仄的楼道里，被狗叫声反复折磨，自己应该会顺利毕业，找到一份体面的工作，嫁一个老实的城里人，周末开着自己家的小车，拎着老何爱吃的刀鱼和爱喝的酒回村里一聚。

让小翠儿更想不到的是，那个曾经撕碎自己人生的刚子，此时正坐在自己的店里，跟大力点了一碗大肉面、一份鸡架和二两白酒。

天太冷了，风也大，店里的人和小翠儿走之前一样寥寥无几，大力正百无聊赖地坐在角落择豆角。

　　小翠儿脱了外套，戴上套袖，从包装箱往冷柜里倒腾玻璃瓶装的饮料，按口味码放进去。

　　"你回来了，爸咋样？"

　　"妈说没啥事儿。"

　　"桃罐头买了吗？"

　　"买了。"

　　"那就行。今天人少，一会儿饭点过了，我先回去看看爸。"

　　"行。"小翠儿说完，觉得胃里有些不舒服，"你去的时候，顺路给我买点胃药。"

　　"胃咋了？是不是又吃坏了？"

　　"没事儿，可能是有些胀气。"

　　大力应下了，端着菜盆进了后厨。

　　"服务员，来瓶'露露'。"角落里背对着小翠儿的客人喊道。

　　小翠儿从柜里掏了瓶"露露"，应了句"来了"。她一开始没认出刚子来，从桌子下面的绳子上抓了瓶起子，把瓶子打开后放在桌子上，说了句"慢用"。

　　"没认出你刚子哥？"刚子用手拍了一把小翠儿的屁股。

　　小翠儿往后退了半步，惊惶失措地盯着面前这个穿着皮夹克的男人。这张脸，她一辈子都忘不了。

　　"这么多年不见，你还是这么漂亮啊，翠儿。"刚子仰着头继续说着，"你这店啊，我看，比你爹那家强！看来我以后得常来了。"

　　这时候，鸡架送来了，大力看看小翠儿，又看看刚子："咋了，翠儿？"

"啊……没事儿，你去后厨跟朴叔催催面。"

"啊，行。"大力挠了把后脑勺，转身离开。

小翠儿准备离开，却不想被刚子握住了手："翠儿，陪你刚子哥喝两杯。"

"你再这样，我报警了。"小翠儿把手抽出来，义正词严地说。

刚子缩回了手，说："行，那你给我倒杯酒吧！"

小翠望了眼后厨，咬着嘴唇，拿起了酒瓶。

刚子哼笑一声，从筷子桶里拿出两根筷子，砰的一声，扎破了面前餐具上的塑料膜，吓得小翠儿手一抖，把酒洒在了刚子的裤子上。

"不好意思，我去取点餐巾纸。"小翠儿赶紧放下酒瓶，转身想逃，可又被刚子拽住了手腕。

"没事儿，纸就不用了，你用手给我擦擦就行。"说着，刚子把屁股下的凳子往后蹭了蹭，顶着胯说。

小翠儿在抖，她的手腕很疼，眼眶里蓄积着一股热意，马上就要往外涌。

"不会擦也别哭啊。"刚子拽着小翠儿的手往自己裤裆那里伸。小翠儿死撑着桌边，扯着嗓子喊道："朴姨！朴姨！"

一个中年女人应声走了过来，刚子松了手，白了小翠儿一眼。

"这酒不小心洒了，朴姨，你帮我把桌子擦擦。"

"得嘞。"

小翠儿把胳膊肘上挽着的毛衣袖子拽下来，急匆匆地奔向后厨。

后厨里很热，都是白蒙蒙的水汽，朴叔正在煮面，大力就立在旁边。小翠儿凑上去和大力说，自己胃实在难受，今天先回家了。没等大力反应，小翠儿就从后门走了。

去哪儿？回家吗？小翠儿警觉地看看身后，刚子没有跟来。

可是，他是怎么找到这里的呢？

他到底要干什么呢？

这回，她又该往哪里躲呢？

小翠儿左思右想，还是给老何去了个电话。

电话里，老何很气愤，一五一十地给小翠儿讲起老金去店里找他的那天——

接到老金电话的时候，何老五正在面馆的后厨里坐在小马扎上洗豆芽。他把右手在格子围裙上蹭了蹭，右半边屁股撅起来，从后裤兜儿里掏出自己的小灵通。

号码是个陌生号，何老五按了拒接，刚想把手机揣回去，电话又响了，还是那个号码。

最近骗子猖獗，总给老年人打电话兜售保健品，没想到今天这骗子倒是执着。何老五想看看这骗子到底能编出个什么花样来。

电话接通后，那边传来了一个让何老五既熟悉又陌生的声音。

"喂，老五啊，是老五吧？"

"你是？"

"我是老金。"

何老五左手里刚捞出的那把豆芽一下子又散落回大钢盆里，溅出的水星星点点的，打湿了他的白色套袖。

何老五当年被迫退休，退得并不光彩。之后，他领着小翠儿来省城打拼，在汽配城边上开了家抻面馆。头两年，面馆的生意

186

红火，他又给小翠儿在郭家小区开了个分店，小翠儿也结了婚，小日子好了起来。

这么多年过去，他没想到还能接到老金的电话。

"来碗抻面，多放肉，再来俩熏鸡架、一盘酱牛肉、一盘花生米，再来一打啤酒。"何老五倒背如流地点菜，对面就坐着老金。

"酒别来了，来点热水。"老金抠开面前的塑封餐具，慢悠悠地说。

"是……是，来壶热水！"

"你这面馆生意不错啊。"老金笑着说。

"也就这个点生意还好，汽配城的都来这儿吃，等汽配城下班了，我这儿也就没人了。"何老五赔着笑脸端起热水壶，给老金倒了一杯热水。

"老五，我今天来啊，不为别的，就跟你打听点事儿。也不是啥大事儿，就是当时……"老金正说着，服务员端了酱牛肉和花生米过来。

"面呢？快点！"何老五质问道，"先煮这桌的，赶紧。"

打发走了店员，何老五皱着眉说："什么事儿？乡长您继续。"

"你可别叫我乡长了，让人听见了不好。咱们今天，就是老朋友叙叙旧……"

"叙旧……叙旧好，叙旧好。"

"二丫头他奶的葬礼，是你张罗的吧？"

"啊……是。"

"这么些年，都没有二丫头的消息，也不知道，这小闺女肚里的孩子，是男是女啊？"

"您要找二丫头？"

"我要找她肚子里的孩子。"

"孩子？"

"你别瞎琢磨，那孩子跟我没关系，不过现在有人肯出大价钱，就为了这棵'独苗'……"

何老五眼珠一转，并没有细问，一门心思回忆起葬礼那天的场景："我也是后来听说，有人在葬礼上看到了二丫头，还说她是坐出租车来的，又坐出租车走了……"

服务员端来一碗铺满肉的面条，提了嘴"辣椒油和陈醋桌上有"就走了。

何老五找来自己的电话本，将一串车牌号告诉了老金。

…………

"爸，怎么办？"

"翠儿，你别慌，刚子他是跟着老金来的。放心，他不是冲你来的。他要是再敢……再敢动你，爹就跟他拼命。"

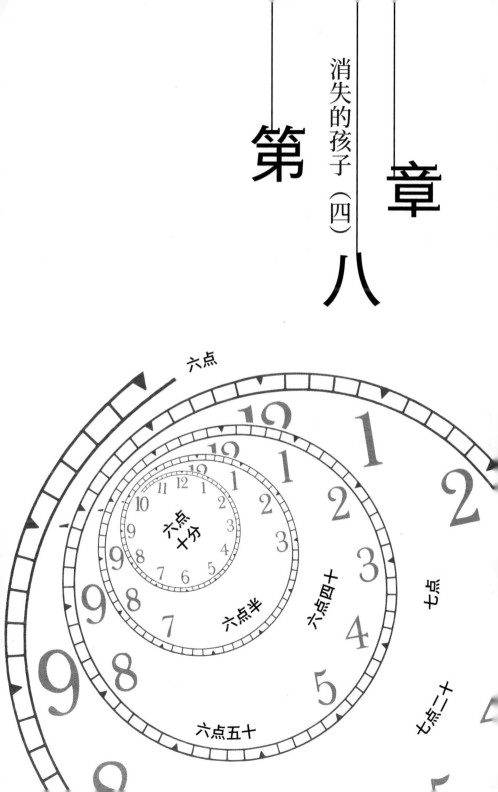

第八章

消失的孩子（四）

六点

兵分两路，得知安红失踪消息的老丁撂下电话就往医院赶，小马则留在302继续搜集线索。

安红的病床已经空了，惨白色的被褥扭成诡异的形状，里面仿佛还散发着温热的气息，吊瓶下面挂着透明胶管，在空荡荡的床边晃。

老徐说，自己出去抽个烟的工夫，人就不见了。

床底下的脸盆里，安红的衣服都没了。床头的柜子上，晓丹和大茂拎来的果篮里，水果也少了。一起没了的，还有邻床大姐的一双三十九码的棉鞋。

"昨晚她醒了吗？"老丁问老徐。

老徐摇摇头，说："昨晚最后一次查房的时候，护士就说她的脸上已经有血色了，估摸着很快就能醒。"

或许，安红早就醒了，只是为了寻找逃走的机会故意装睡。

老丁调取了医院走廊上的监控，凌晨四点三十二分，走廊上的探头拍到了安红穿着衣服离开的场景。那是一个看起来柔弱却倔强的身影，即使穿着厚厚的棉衣，老丁还是觉得一阵风就能把安红吹跑。她看起来不慌不忙，甚至抬头看了探头一眼，顺便还把手揣进了兜儿。最后拍到她身影的时间是凌晨四点四十一分，画面上，安红从医院的后门离开，头也没有回。

出了医院的后门，是通往居民楼群的小巷子，红绿灯都没有，安红很可能十分清楚后门的情况，才选择从那里离开。

十二月，凌晨四点多的省城，温度和半夜没有区别。老丁想象着身板单薄的安红费劲地掀开棉门帘，裹紧衣领，趿拉着不合脚的棉鞋，顶着夹雪的北风，消失在黑暗里的样子，不禁打了个寒战。

"现在咋办？孩子没了，孩子他妈也丢了，我这……我这是……"老徐的眼睛红了，他懊恼地使劲挠着后脑勺的头皮。

"你别急，这兴许不是坏事儿……"

"为啥？"

"安红，或许是唯一知道小连下落的人，找到了安红，应该就能找到小连……"

"我……没明白……"

"你认识大茂家吗？"

"认识。"

"行，你收拾收拾东西，咱俩马上出发。"

老徐的出租车在医院停了一宿，深红色的桑塔纳，玻璃上结了好些霜。老徐让老丁先上了车，从遮阳板里倒腾出一张不知道哪儿来的会员卡，刮着前玻璃和外后视镜，手冻得直哆嗦。还好昨晚的雪不大，一层浮雪，没咋使劲，玻璃就清好了。

车里收拾得很干净，连手扣里都没啥灰，地垫上有些泥土，估计是下雪的原因。车内的后视镜上坠着个绣着"平安符"的小红布袋子，看样子有年头了。

"玻璃上剩些边角，一会儿热风一吹就化了。"老徐跺了跺脚，上了车，哈着气搓搓手，打着火，半天车子才暖和。

远光灯照着。老徐开着车，挺稳。老丁坐在副驾驶，两人都没说话。

老徐打开了暖风，旋开了广播，里面播着一首抒情的老歌，老丁没听过。

老丁问他，平安符开光了吗？

老徐说没开光，就是地摊货，买来图个吉利的。

老丁说自己家也有一个，和他这个挺像的，是自己老伴出去旅游，在景区买的，里面有个金色的铜片，说是能保平安。

老徐说自己的里面也是个铜片，上面雕了个念经的大佛，是老娘给买的。

老丁知道老徐的妈没等到老徐出狱就没了，话没办法往下接了，只好任凭车里又陷入了沉默。

红灯了，老徐把车停下，说道："不过我妈挺信这些的，老太太嘛，有点信的玩意儿，有个奔头，也挺好的。"

广播里开始了整点报时，时间来到六点，接着，又换了一首抒情歌。

大茂家住的是商品房，小区门口有保安，楼门口有门禁，按了门牌的数字后好一会儿，才传来大茂的回答。大茂家住六楼，一层两户，楼道里铺的是深灰色的大理石，扶手是木头的，明亮宽敞，和老徐家的楼道截然不同。

大茂早就等在楼道里，屋门开着，他穿着珊瑚绒的睡衣，脚上穿着拖鞋，眯着眼睛打着哈欠。屋里是欧式的装修，玻璃吊灯，皮沙发，定制的鞋柜，很豪华。

"咋的了，怎么这么早过来了，出啥事儿了？"大茂打着哈欠问。

"安红，安红不见了……"老徐吞吐着。

"啊？咋回事儿……她不是躺在医院里吗？"

"昨天晚上和今早，有电话打来找晓丹吗？"老丁问。

"就晓丹她妈来过一个电话。"

"晓丹呢，醒了吗？我有重要的事儿问她！"

"我去喊她，她昨晚愁得折腾半宿才睡。"

晓丹顶着黑眼圈，裹着睡袍，坐在沙发上，神色有些恍惚。

"你认识春英吗？是安红的朋友。"

晓丹摆了摆头，说："不认识，她没提过。安红很少提起以前的事儿。"

"那她和你说过自己要去广州之类的吗？"

"她……她让我帮她买去广州的火车票……但是，我没答应……我还问过她为啥非去广州不可，她只说要带小连去见一个朋友。"

"你手里有安红的照片吗？"

"没有……安红她不喜欢拍照……"

"为啥？"

"我也不知道，我问她，她就说很讨厌镜头对着自己……我要给她和小连拍照，她也不愿意，所以我大姑说她有点问题……"

"你也觉得安红有精神病吗？"

"啊？我……我没这么觉得……只是大家都这么说……"

"你之前去洗澡的那家澡堂，还开着吗？"

"开啊，不过这个点应该没开门……我大姑认识老板，我去问问，说不定能联系上。"

晓丹进了卧室打电话，大茂也陪了去，偌大的客厅只剩下了老丁和老徐俩人。

"老徐，有个问题我想再问你一次。"

"你说吧……"

"你和安红之间到底发生了什么？都这个节骨眼儿了，你可以如实说了吗？"

按照老徐的说法，他和安红的结合并不幸福。当初，他相中安红，不是因为她年轻漂亮，而是因为她带着小连，巧的是，小连也是个哑巴孩子，就像自己当年撞死的小罗一样。他觉得命运在捉弄自己，但冥冥中也在救赎自己。说不定，这是个弥补的机会。

于是，他欢天喜地地接了安红和孩子回家，欢天喜地地开始自己的新生活。但是，安红居然不让自己碰她。他很愤怒，伸手打了她，但是她还是不从。几次过后，老徐放弃了，觉得自己太着急。感情需要培养，那事儿也需要慢慢来，可无论自己怎样费尽心思地讨好，安红都宁死不从，还说要带着小连离开。

老徐害怕，害怕他好不容易重新拥有的一切就这么变成一场空。后来有一次喝了酒，酒桌上，兄弟们说了些男男女女有的没的，回家后自己脑子里烧起了一股无名火，就借着酒劲儿对安红用了强。

说完这一股脑儿的话，老丁才终于明白为何会有上锁的小屋、抽屉里的电话和反锁的大门。

老徐双手抱着头，忏悔的样子不像是假的。

老丁陷入了沉默，他摸了摸上衣口袋，此刻，他真的很想使劲抽上一口烟，吸进去，吐了。他狠狠揍了老徐一拳。

"这之后呢？"老丁松开握紧的拳头，从嗓子眼里撕扯出一句质问。

"我很内疚，纠结了几天，想给安红道歉，也不想再锁着她和小连了，可谁知道，就是那时候，我发现了那封信和去广州的火车票。"

"你是说，发现火车票之前，你已经把安红锁在家里一段时间了？"

"是……"

"但是如果是这样，安红是怎么买到火车票的呢？"

这件事儿，或许还有另外一个人的参与。这个人不仅知道小连的存在，还能帮安红买好车票，神不知鬼不觉地送到被锁在屋内的安红手上，并且暗中帮助小连和安红逃走。

老丁脑海中不自觉地浮现出李刚的身影，而后才突然意识到，自己在形容小连和安红的行为时，一直用的是"逃"这个字……

六点十分

另一边的 302，小马正在小屋里搜寻线索。

昨天的调查太匆忙，让小马忽略了小屋的狭窄，此时，他坐在床边，才发觉被锁在这间堆满杂物的屋里，确实会让人压抑得喘不过来气。地上散落着一盒盒巧粉块和亮黄色的贴纸，小马弓着身子蹲在地上，撕开背胶把贴纸对准粉块，鼓弄了半天才将巴儿（勉强）贴好一块。按照行情，贴好一整盒，大概可以赚五毛钱。

安红就这样被关在这里，日复一日地做着这种工作吗？

或许有时候，小连也会跟着帮忙吧。

小马把地上的半成品贴纸挪到一边，起身之后，从屋里关上了门，这才发现门后贴着一幅小连画的画。画面上只有两个人，粗糙的线条勾勒出穿着蓝色背心和黑色短裤的小连，他拉着穿着紫色裙子的安红。背景中有一个红红的太阳，周围有几条代表太阳光的黄色线条，最远处还有一辆绿色的车，正沿着两条灰色的线行驶着。

小马的视线又回到之前看到的粘在墙上的那幅画，小连依旧穿着熟悉的蓝色背心和黑色短裤，安红这回穿了黄色上衣和黑色长半裙，而老徐穿着一身黑。背景中依旧是大大的太阳，但没有车子，取而代之的是一个尖顶的房子和一棵光秃秃的大树。

这是什么？

小马突然发现两幅画中，小连手部好像都写了字。

啊，是"左"字和"右"字。

为什么要写这两个字呢？小马伸出自己的双手，张开，看着自己的手心，笑出声来。

上小学的时候，班上很多同学分不清左和右，体育课走队列的时候总是出丑。于是有的同学就把"左"字写在左手上，"右"字写在右手上。这样走队列的时候，就能看着自己的手分辨是向左转还是向右转了。

看来小连也分不清左和右呢。

小马继续搜寻着，这次他在床褥下面，发现了一叠识字卡。

识字卡有大有小，看样子是好几副凑在一起的，月亮、小狗、电灯、黑色、夜晚……其中，左手和右手两张卡片上磨损严重，分别画着两只手，上面写着"左"和"右"，和小连画上的手如出一辙。

看来，小连在很努力地学习这两个字。

放下卡片，小马的目光又被书架最上面的一排彩色瓶子吸引了，一共七个瓶子，以彩虹的颜色排列着。

是小连用来装颜料的吗？

小马伸手把第一个红色的瓶子够了下来，瓶子不重，应该是空的。打开旋紧的盖子后，一股难闻的味道钻进鼻腔里。

这是？小马朝瓶子口里望了望，拧着眉毛仔细闻了闻，这里面曾经装的好像是血。

小马回想起检测报告显示，安红衣服上的血迹是经血，这个瓶子应该就是安红用来收集经血的。

他此前已经猜到小连失踪这件事儿，安红是知情并参与其中的，现在看来，安红准备这次的行动，可能比预计的还要久。

涂装罐子、收集经血、制造假象、小连失踪、佯装自杀、逃出医院……这一系列已知的事件，都是安红精心计划并一步步执行的，并且都实现了。安红是拥有怎样的决心和耐心，才能完成这一切的呢？

（小马瞥到放在彩色瓶子旁边的水彩颜料，一般来讲，用红色颜料冒充血液才是首选，安红不可能想不到这一点。但是，颜料的真实程度，怎么能比得过真实的血液呢？为了万无一失，制造血泊，骗过老徐，安红还是选择了另外一种更为极端的方式。）

小马此刻才意识到，从昨天到现在，他一直都小看了这个素未谋面的女人。

六点半

按照晓丹大姑给的话，这个点澡堂虽然没开，但屋里有人，直接去敲门就行，开门就说是兰姐介绍过来的。

兰姐是澡堂的老板，澡堂名叫好美丽，就藏在西站后身的一片平房里，招牌上有个搔首弄姿的外国美女，和"好美丽"三个字一起褪了色后，活像得了黄疸。

门口的雪扫得挺干净，推了铁门进去，还有个横竖两米多宽的小院，里面横着个坏了的搓澡床，上面的雪没化，像铺了层白棉被。

开门的叫伍姐，是伍佰的伍。她披着个花棉袄，掀开棉门帘，把一行三人让进屋里去。

一进屋就一股潮味儿，混着些臭鞋和肥皂的味道，无孔不入。右手边是个木头打的收银台，上面摆了好些玻璃瓶的宏宝莱汽水，下面还坠着个瓶起子。再往里就是一整面墙的柜子，一格一格的，里面参差地塞着些拖鞋，女的是红的，男的是藏蓝的。对面是一长条换鞋凳，伍姐指着，热情地让他们仨坐。

屋里烧着炉子，支着三张行军床，一张上睡着个三四岁的小女孩儿，是伍姐的女儿，另一张上坐着个男人，是伍姐老公，见来了，拿了烟盒，起身去了男浴池。

伍姐看见晓丹很亲切，低声问她最近怎么都没来洗澡。伍姐说看大茂也眼熟，听说是晓丹的老公后直说怪不得，之前就看他来接过晓丹。

伍姐对着老丁说："兰姐说警察要来，您就是吧，有啥要问的您尽管问，虽然我就是个看柜子的，但我知道的，一定不隐瞒。"

正说着，孩子翻腾了一下，还好没醒。

老丁开门见山，压低了声音，说自己是为了安红的事儿来的。

据伍姐回忆，安红是年初那阵儿招来的，那阵儿活多，原来搓澡的袁姐回老家了，所以兰姐就把安红给招来了。她刚来的时候，细皮嫩肉的，脱了衣服瘦得跟个刀螂似的。不过她在洗脚城干过，打奶倒是有一套，后来就被兰姐留下长干了。

安红的话不多，和客人也不咋唠嗑，有时候心情好会在休息的时候哼哼歌，我们都不太了解她家到底是啥情况，就知道她家是周边农村的。后来有一天，她突然把孩子领来了，我们才知道，原来她有个儿子。

伍姐说当时大家都很惊讶，因为安红看起来年纪不大，谁也没想到她竟然有孩子了，而且，那孩子还不会说话。兰姐挺同情她，就同意她偶尔不忙的时候，可以带着小连来上工，正好我家妞妞有时候也在这儿，他俩还能做个伴。

可能是听到了自己的名字，小姑娘哼唧着醒了，见到一屋子的人，哭了起来，伍姐忙喊了老公把妞妞抱到女浴池里面哄。

"之前是不是有个安红的前同事来找过她？"

"你说那个女的啊……"

伍姐说那女人是个生客，之前没来过，瓜子脸，波浪头，说话嘴皮子很溜。她也是后来听扫头发的于大妈说的，那天那女人一进池子，见了安红就哇哇大叫，屁滚尿流地出去穿了衣服。她来这儿换鞋的时候，一开口就说安红有精神病，让老板赶紧把安红撵走。

伍姐问那女人为啥这么说，那女人就说爱信不信，还说自己之前和安红一起在洗脚城干活，安红啥样，洗脚城的人都知道。

"那你觉得，安红的精神，有问题吗？"

"这……我觉得没啥问题，你别嫌我说话直，她年纪轻轻的，自己养活孩子，不免遭人闲话，再说了，那洗脚城是啥地方，你们警察比我们清楚。安红那个模样，又是那个性格，估计在里面也吃过不少亏，遭过不少罪。反正那女人的话，我是不信。"

"那女人叫啥你知道吗？"见伍姐摇了摇头，老丁继续问，"还有其他人来找过安红吗？比如……男人。"

"这倒没有。"

老丁不死心，把手机里李刚的照片拿给伍姐看，可伍姐还是摇了摇头。

"那小连这孩子呢，你觉得咋样？"

"小连啊，唉……那孩子既聪明又听话，成天就乖乖坐在那儿翻识字卡，在田格本上写字。他有时候还带着妞妞一起玩，像个小大人似的，可会照顾人……可惜啊，要是那孩子会说话，将来肯定是个人才。有一次，我还看到他自己偷偷写日记呢。"

"日记？"

"是啊，一笔一画的，写得可有样儿了。对了，他还在妞妞的涂色本上写了个……那叫啥……诗！哎呀，写得可好了。"

"诗？"

"我给你找找。"伍姐翻开柜台的大抽屉，从里面抽出个印着卡通图案的涂色本。

"这儿呢……你看……写得多好……"

半夜的铃铛叮咚响

睡着的狗儿鼾声长

听话的孩儿快醒来

我们一起捉迷藏

手上戴着红手套

脖上挂着铜口哨

长长的胡同不点灯

黑色的夜晚没月亮

听话的孩儿别害怕

妈妈为你把歌唱

字虽然写得歪歪扭扭的，有一些还缺了笔画，但是诗读起来朗朗上口。

这是小连写的？"睡""鼾""藏"这些复杂的字，小连都认识并且会写？老丁有些难以置信。

"这里面有几页是小连涂的呢，你瞧，涂得多好。我也撕下来给你一起带走吧！"

小连涂色的几页都是女孩儿的画，长头发，穿裙子，看起来都有一些像安红。

一阵哭声传来，妞妞从女浴池里跑出来，一下子扑到伍姐腿上。伍姐她老公无奈地走出来，说妞妞饿了，想吃豆腐脑儿。

老丁知道从这里也问不出啥东西了，跟伍姐道了谢，拉上大茂和晓丹，奔了洗脚城去。

六点四十

男小赵带了早饭来，油炸糕、吊炉饼、糖三角、黏豆包，都是干的，一样稀的也没有。

同时被带回来的还有车库监控探头中的内容，昨晚他和女小赵把 SD 卡中的视频从头到尾翻了个遍，都没有找到小连走出郭家小区北门的影像。

小马觉得喉咙被塞住了，没什么胃口，但秉承着"人是铁，饭是钢"的原则，还是塞了一个黏豆包进嘴，囫囵道："这么说，至少小连目前没有离开小区，对吧？"

"嗯，我已经把情况报告给老丁了，小区外负责走访的同事已经撤了一大半回小区。你说那个李刚……会不会是小连的生父啊？"男小赵问道。

"不排除这种可能。之前我们问过老徐关于小连生父的事儿，但他并不清楚。如果孩子的父亲是李刚的话，那么他来找老婆孩子的动机是成立的。"小马分析道。

"看来这个李刚很关键！今儿我带着所里弟兄们挖地三尺，也要把李刚给揪出来。"男小赵语气坚决。

"你和李刚较什么劲？你直接挖地三尺，把小连找出来岂不是更省事儿？"小马调侃道。

"也是……不过我总觉得他和小连的失踪脱不了干系……"

男小赵猜测道。

"为啥？"

"直觉……反正我是不相信，大半夜的小连会独自离家出走……"

"我看倒未必。"小马说道。

"为啥？"

"和你一样，直觉……"

"对了，老丁哪儿去了？"男小赵早饭还买了老丁的份儿，他和小马两个人可吃不完。

"你还不知道呢，安红失踪了。所以，今天的搜查工作量非比寻常……但是，这说不定不是坏事儿……"

"怎的呢？"

"我想，找到了安红，也就找到了小连……如果像你说的一样，李刚也与案子有牵扯，那么，找到了李刚，也意味着找到了安红和小连。"

男小赵把最后一口油炸糕塞进嘴里，抹了抹嘴边胡楂上的油，意味深长地点了点头。

小马扒拉了下装早饭的塑料袋，又拿了个糖三角。现在安红、小连、李刚或许就像三个原点，相互连接构成了一个谜一样的三角闭环。小马揪掉了糖三角的一个角，浓郁的红糖馅儿流了出来，散发出诱人的甜味儿。

"这家糖三角很不错，趁热乎尝尝。"小马把手里的糖三角举到男小赵跟前。

"是啊……真甜……"男小赵尝了一口说道。

是啊，只要揪掉一个角，其中暗藏的蜜糖就呼之欲出了。小马有预感，现在这个案子只差那么一分力道，只要再稍微用力，就能揪掉包裹着真相的面团。

"对了，早上我来的时候，看车库的大爷和我说，也就半个月前，这五号楼的 401 进过贼。你说，这里头会不会有点啥猫腻？"

"我也听说了那起盗窃案，确实有点奇怪。"

"行了，我先去小区门口守着，有事儿你随时找我！"

"你等等，我也跟你出去。"

"去大门啊？"

"不是，我去四楼转转。"

401 发生盗窃案，可张静却对此缄口不言。虽然没丢什么值钱的东西，只丢了贴身衣物，但对于女人来说，这不比丢了钱和金银珠宝更让人害怕吗？但是当时她却没报警，这里面会不会有隐情呢？

小马想敲门问问究竟，抬起手腕才反应过来，张静现在住在 301 殷大娘家，401 现在住的，是昨天新搬来的租客。抬起的手腕没有了用武之地，小马用它使劲敲了敲自己的脑门儿。与其在这儿瞎想，倒不如直接去问问张静。

现在，任何蛛丝马迹都不能放过，说不定下一根蛛丝，就是扯坏糖三角的那一根。

灯光幽暗，下到三楼的时候小马打了个哆嗦。这时，他再次注意到 302 和 303 两门之间上下排列的两个报箱，还有报箱边站着的中年男人——看样子，是个邮递员。

只见他从斜挎的绿色兜子里摸出串小钥匙，用戴着毛线手套的手拨楞了一会儿，好不容易挑出一把，唉声叹气地费劲蹲下去，从底部打开了 303 的报箱，从中取出了几封信件，其中，还夹着两张十块钱的纸钞。男人把信件尽数揣进自己的挎包里，又用刚才那把小钥匙锁好报箱，扶着墙起身，拍了拍手套上蹭上的墙灰，扬长而去，并未注意到隐没在缓步台上的小马。

是在取信吗？

小马一步两个台阶，在二楼追上了他。

询问中，男人说自己是刚刚接手这片儿的邮递员，刚才也确实是在取信。

"师傅，现在还能上门取信呢？"亮明身份后，小马直接点出了心中的疑惑。

"那一家，有点特殊……之前干这片儿的师傅告诉我，那家原先住了个半瘫的老太太，腿脚不好。最近的邮筒都在小区门口，坐轮椅的老太太没办法下楼寄信，只好麻烦我们上楼取。我师傅说，老太太每回都会在要邮的信里夹点钱，就当是'小费'了。现在，那家住的好像是老太太的儿子，也跟他妈一样，用这方法寄信，不过'小费'给的可比他妈多多了。反正我平时也是要来投递信件的，就顺手取了……警察同志，这不违法吧？要是违法，我肯定下不为例！"

小马知道此举定然不太合规，但长期以来一个愿打一个愿挨的事儿，他现在不想插手，毕竟眼下，他还有更大的疑问。

"这事儿我们先放放。不过师傅，这样一来，要是 303 的住户没及时取信，你下次不会把之前送来没及时取走的信和需要寄的信弄混吗？"

"弄不混……要是有信，我都直接敲门送进去。"

"这样啊……对了，师傅，那你最近给 302 送过信吗？"

"这，我记不太住了，应该是送过吧……"

小马回到 302，用老徐留给他的家门钥匙开了门后，直冲到茶几前，从笔记本里，抽出了昨天老丁给他看的那封信。

信，必然是你来我往，很大概率上不可能只有孤零零的一封。

如果这是一封来信，那么，安红很可能写过一封回信。如果这是一封回信，那么，安红先前一定寄过一封信。可一直被锁在房间内的安红是如何寄信的呢？

被锁住的安红，就和隔壁眼镜男瘫痪的母亲一样，虽然邮筒就在小区门口，可却犹如千里之外，无法投递。可能是某一天，安红从猫眼中得知了 303 独特的寄信方式，接下来，她只要想办法，把信放到 303 的报箱中就行。

这个计划的实施者，就是小连。按照之前的推理，小连只需要提前躲入密室，就可以成功避免被锁入小屋。接下来，小连只需要趁老徐熟睡打开房门，用鞋子或者其他任何东西抵住门，把要邮寄的信投进 303 那个报箱中即可，那个报箱本就低矮，小连不用借助其他工具就可以轻松够到。而邮递员取信时，根本无法分辨信件的发出者是否是 303 的眼镜男，如此一来，投信成功完成。

而收信时，只需要打开自家的报箱就可以，毕竟，那个报箱的小钥匙，一直就插在锁眼上，只要从家里搬个小凳子垫脚小连就可以自己完成取信……这样一来，春英就可以代替安红买好前往广州的车票，通过邮寄信件的方式送到安红手中。

这时，门外突然传来沉重的脚步声。小马从猫眼望去，门外经过的是一个陌生男人。他看起来年纪不大，但步态却疲惫不堪。

小马开门追上前去，得知他是楼上402的住户，并且他和小连一样，不会说话。

小马和男人一起回了402，得知男人的名字是金二龙，这个房子才租下来不久。他平时在附近的烧烤店上班，不常回来。他交代自己昨天凌晨一直在烧烤店打工，结束后直接就在店里的杂物间睡下了。

男人的眼睛里布满红血丝，看起来十分疲惫，但他始终保持着微笑，左脸颊的酒窝若隐若现。得知小马查案的内容后，男人的神色有几分紧张，但很快恢复了平静。

小马问了他盗窃案的事儿，但男人那个时候还没有搬过来，所以并不知情。

小马询问他有没有见过302的孩子。男人先是摇了摇头，后来又仔细询问了小连的外貌特征。小马从笔记本里抽出老丁影印的小连照片。看清了小连的长相后，男人仿佛长出了一口气，在小马的本子上一笔一画地写下了三个字：没见过。

盘丝

六点五十

　　洗脚城就在二环桥对面，没几步道，但要是开车过去就得在桥下绕个大弯，所以老丁让大茂和晓丹留在车上，自己直接走过去。

　　雪地上有一层亮晶晶的颗粒，那是昨晚飘的新雪，踩上去沙沙作响。焦黄的路灯光线下，老丁的影子忽短忽长。

　　北风呜嗷着，老丁从兜儿里伸出手，死死拉住棉袄的连帽，但风依旧不屈不挠地往里面猛灌，一下子掀开了头发，顺着衣领一路向下，吹透了全身。

　　老丁的左手边是个小学，校门口的收发室亮着灯，晃得门口立着的 IC 卡电话亭像个人似的，吓了老丁一跳。再过几个小时，这条路就会变得热闹，蹦跳的孩子们戴着棉帽子和棉手套，被身上的棉袄裹得像无数个五颜六色的球，被家长拎着胳膊，一边踢着雪，一边嬉笑着赶着去上学。

　　小连的年纪，也该是上小学的年纪了。

　　想到这里，老丁觉得刚才那股窜进衣服的北风仿佛化作锋利的刃，一刀一刀剐蹭着心脏。

　　到了路口，先过个小马路，就来到了桥头边，"洗脚城"三个大字闪着粉红色的光，映入眼帘。上二环的车不多，横穿桥之后再过个马路就到了。

洗脚城的转门没开，老丁走的侧门，大理石地面上有一截没铺地毯，老丁猝不及防地打了个滑。和往日里的金碧辉煌不同，大堂里三米多高的水晶灯没亮，只点着些寒酸的小射灯，冷冷清清的，半个人影也没有，只有换鞋凳旁边摆着两大塑料箱的拖鞋，自顾自散发着脚臭味儿。

　　"开业了吧？"老丁扯着嗓子喊了一嘴，半天才听到回声。

　　前台后面露出半个脑袋，女服务员发髻松垮了半截，懒洋洋地站了起来。老丁没废话，直接拍了证件在前台上，撂了句："找一下你们经理。"

　　来的经理姓郑，中年女人，看样子职位不高。见了老丁，她没化妆的脸上堆满了疲惫的笑容，点头哈腰地把老丁请进了雅间。雅间里一股捂吧味儿，也没有正经的椅子，就两张低矮的长条形按脚床。刚坐下不久，画着几棵竹子的拉门被拉开，刚才的前台端来了一壶热茶。

　　"警察同志太辛苦了，这个时间过来，不知道是有啥事儿，外面挺冷的，先喝点热茶暖和暖和。"

　　"不是什么大案子，就来查个人。"不等郑经理动手，老丁自己倒了一杯茶，吹了两下，一口喝了大半，然后把茶杯握在了手里焐着。

　　"不知道您要找的是谁，我啊，就是个管大堂的，您要找的人，我未必认识呢。"

　　"安红，你认识吗？之前在你们这儿打工的。"

　　"警察同志，不瞒您说，这洗脚城里按脚的小妹儿不说成千也得上百，您突然说个名字，我也对不上号儿啊。这么的吧，我去把值班的业务经理给您找来，您问他，准没错。"

"行，那就麻烦你了。"

来的这个经理姓吴，男的，穿着一身藏青色西服，外面套了件黑羽绒服，年纪不大，但手底下管着洗脚城所有的按脚小妹儿。

老丁窃喜，看来这次找对人了。但当老丁说出安红的名字，吴经理却有些坐立难安，不断地抬着屁股，抹平身下坐住的羽绒服下摆。

吴经理描述，安红来的时间不长，但他对安红还是有些印象的。在他的记忆里，安红是个沉默寡言的人，因为长得好，总被客人欺负。有一次，有个客人喝高了，手上有点过分，同屋上钟的春英替她解了围。本来安红是住集体宿舍的，后来听说也搬去和春英一起住了。

说完，吴经理假装撩了下头发，但老丁看到，他其实是在擦汗。或许，对安红下手揩油的人里，也包括吴经理自己。

"安红是啥时候不干的？"

"那件事儿之后没过多久就不干了……应该是快过年的时候，那时候正是旺季，我还劝安红留一留，结果她隔天就收拾东西走了。"

"那春英呢？"

"春英比安红还早走的，听说是去广州了。"

老丁又问是不是还有个瓜子脸、波浪头的女人和安红相熟，吴经理说这就难为他了，毕竟这里的小妹儿，一大半都是这种打扮，而且，安红总是独来独往的，没什么朋友，和她走得近的，也就春英一个。

"那当时安红被客人欺负，同屋的除了春英，还有其他人吗？"

"这……我真想不起来了，不过我去查查上钟的大本就知道……您先在这儿等着，我马上就回来。"

吴经理走后，前台的小妹儿拎着暖壶来添了一次热水，还送来了一个果盘。果盘上都是些切好的水果，最上面劈半儿的草莓上还插着个粉色小旗。

洗脚城是什么地方，老丁再清楚不过了。老丁难以想象，在这里打工的安红，会是什么样子的。

在老徐眼里，安红是个年轻漂亮的单身母亲。

在晓丹眼里，安红是个善解人意却让人有些害怕的单亲妈妈。

在伍姐眼里，安红是个肯吃苦、沉默寡言的搓澡女工。

而在吴经理眼里，安红又是个忍气吞声的漂亮花瓶。

可老丁现在要找的，是一个用刀片割开自己手腕、用经血制造自杀现场、深更半夜从医院出逃、精心策划儿子失踪的安红。而这样的安红，和老丁在病床前亲眼看到的那个女人，判若两人。

门开了，走进来的女孩儿长着瓜子脸，她说自己叫阿珍，是老丁要找的人。

而此刻的老丁没有想到，阿珍会给她讲述，另一个截然不同的安红。

七点

再次回到 302 之后，小马来到那间供奉着老徐母亲遗像的密室。拉开灯后，台子上冒着红光的小灯不再诡异，但也让这间小屋更显狭小。

黑暗，真的会影响人的判断。

如果自己的推断没错，昨晚老徐第一次回家时，小连就已经躲在了这里。

关闭的房门，屋里传出安红哄孩子睡觉的歌谣，一览无余的房子，在老徐看来，小连此时一定是躺在安红的怀里酣然入睡。

但实际情况是，当时安红早已经将小连安顿在这里，而自己回到小屋内，上演一出早已写好剧本的独角戏。

一个五六岁的男孩儿，真的可以乖乖躲在这乌漆麻黑的小屋里，不发出一点声音吗？即使小连不会说话，但是，怕黑的他不会因为害怕突然冲出来吗？这种情况，难道安红也有办法应对吗？

一连串的问题，在小马的脑海里飞速旋转着，加上浓浓的线香味儿，让他觉得喘不过气来。

不对，千万不要低估小孩儿。

这里的空间对于成年人来说相当逼仄，但是对于小连来说或许刚刚好。

而且，门的密封性相当好，不会透光，开着灯，吹灭线香，这里也并非那么可怕，有可能对小连来说，这里更像是一个秘密的游乐园？

总之，无论如何，小连确实是做到了。

那么，这之后呢？

小马盘着腿坐下来，闭上眼睛，想象着小连之后的动作。

小连穿着线衣和线裤，光着脚蹑手蹑脚地出了这扇门，然后一步一步走向房门。在那里，他穿上了老徐给自己新买的红色小棉鞋，脖子上挂着老徐送给他的铜哨，踮着脚，用手拉动门闩，嘎吱一声，开启了通往外面世界的大门。

接下来呢？

门外的感应灯应声亮了起来，一下子点亮了漆黑的楼道。四下都静悄悄的，没有了往常的狗叫。小连的小手紧紧地扶着冰冷生锈的栏杆，一个台阶一个台阶地慢慢挪着小步下了楼。

他下得很慢，台阶有高有低，对于鲜少出门的他来说，一点也不容易。啊，他可能还不知道，外面下雪了，现在的他，出去会很冷。再努力一点，小连就来到了二楼。但是在这里，他遇到了麻烦，因为二楼的感应灯坏了，而此时，三楼的感应灯或许也灭了——世界一下子又变得漆黑一片。

"小连很怕黑，所以晚上，都会和安红一起睡。"小马回忆起老徐告诉他的信息，一边想象着当时的场景，一边自顾自念叨着。怕黑的小连，在下到二楼的时候，该怎么办呢？

这时，门外的敲门声打断了小马的思考。猫眼里，小马看到，被敲响的是 301 的房门，敲门的，是送奶工。

送奶工是个大妈，看样子不比殷大娘年轻几岁。她戴着白口罩，穿着厚厚的棉袄，外面罩着件蓝色马甲，后背上写着"勋业奶站"。

半天，殷大娘都没开门，这空当，从四楼走下来一个女人，是昨天遇到的新租客。她手里还提着个大大的紫色旅行箱，看起来不轻。她没穿昨天那件驼色的大衣，换了件黑色的长款羽绒服，戴着帽子和围脖，低着头，兀自下了楼，完全没理会送奶大妈的那声"早"。

这么早，又开始搬家了吗？

殷大娘终于开了门，门把小马的视线挡住了，几句伴着笑声的对话里，小马得知殷大娘订了牛奶，每天早上准时送到。

"大娘，你们这楼又搬来新人了？"

"啊？就楼上，我闺女那屋租出去了。"

"她家订奶了吗？我哪天去问问。"

"我正好打算今天上去会会她呢，不行我帮你打听一嘴。"

"她估计上班去了吧，我刚看她下楼了，我还寻思你们单元的人都不用上班呢！昨儿我来送奶，就数你们楼门前的雪地上，一个脚印都没有……"

"这么早就出去上班了？不晓得是干什么的，我闺女租房子就是图省事儿，把房子往那个什么中介一挂，对租户是不管不问，万一租给个不正经的，倒不如……"

殷大娘的话还没说完，小马嗖地打开了房门，吓了两个小老太太一跳。

"大妈，你刚才说昨天来送奶的时候，楼门口的雪……完好无损？"

"啊……是……是，一个脚印都没有，就跟个白豆腐似的……"

"大的，小的，都没有？你确定？"

"我……确定……我当时踩上去的时候还有点不忍心呢……你，你是？"

"这是来楼里查案子的警察，哎哟，你这也太辛苦了，大早上就开始工作啦！"殷大娘热情地介绍着，又对送奶的大妈说，"你可别说我们这单元没人早起工作啊！这不嘛，我们的人民警察，多勤快啊，是不是！来来来，大娘没啥帮得上忙的，喝个奶，就当早饭啦！"

推托不下，小马又被塞了一瓶牛奶，牛奶在冰凉的玻璃瓶内壁上留下一层白雾。

没有脚印的雪地，意味着什么？闭上眼睛，小马继续刚才的想象。

走到二楼的小连，陷入了一片黑暗。怕黑的他停下了脚步，没有继续下楼，而是转身往回走。

回家吗？不。

徘徊在冰冷楼道里的小连，在忽闪的感应灯下，面对着一扇扇紧闭的房门，他又能去哪儿呢？

小马低头看向手中的玻璃瓶，形状竟和刚才发现的那排五颜六色的瓶子一模一样。

七点二十

　　阿珍果真长着一张瓜子脸，下巴比瓜子的还要尖，只是取代大波浪的是一头直发，衬得整个人有些苦相。她穿着工服，红色的短裙紧紧箍住穿着黑色丝袜的双腿，上身是一件粉红色的长袖衬衫，很皱，下摆掖进裙子腰里，但腰那里依旧空得要命。

　　她没敲门，进屋之后径直坐在了老丁对面，跷着二郎腿，膝盖骨从丝袜里鼓出肉色来。

　　"警察是吧，我就知道，安红那个小婊子迟早要出事儿。"

　　"你是阿珍吧？"

　　"是。要说真名吗？你是要记笔录吗？"阿珍的语气很轻蔑，她用手把垂下来的头发一下子甩到了肩膀后头。

　　"真名？"

　　"你不会不知道吧，我们这里干活的，都不用真名。"

　　那安红，是真名吗？如果名字是假的，那么户籍信息查不到也就说得通了。

　　老丁没有把话问出口，只听阿珍抻着脖子音调高亢地说："行吧，问吧，安红那些丑事儿我可是一清二楚，一定配合你们警察。不过你先告诉告诉我，安红到底犯了什么事儿，也让我高兴高兴。"

　　阿珍和安红的关系比想象中还要糟。老丁有些惊讶，但还是镇静地回答说："安红只是失踪了，还有她儿子小连，也不见了。我来这里就是想问问，你有没有安红的消息，或者知不知道安红可能会去哪里。"

"失踪？警察同志，你们真是吃饱了没事儿干，她那种人失踪了就是为社会做贡献了好吗？还值得您大清早跑一趟？等等，你说她有个儿子？什么时候的事儿？我怎么不知道……"

"叫小连，今年五六岁了，你不知道？"

"她……她居然有个儿子……"

"你没听她说起过？"

"没……她就跟我说过，她学没上完就来打工了。看来，她果真是个女骗子，整天装清纯，没想到儿子都会打酱油了。真是把大家伙儿耍得团团转。我和大家说她有病，大家都不信，这下好了！"

"她到底有什么病啊？"

"就是精神病啊，你不知道吗……就是那方面，不……不正常……"阿珍放下跷起的腿，有些吞吐，在老丁不依不饶的追问下，阿珍开始了讲述。

"那时候我和安红前后脚来了洗脚城，因此被分到了一个宿舍。宿舍很破，上下铺的大铁床，一个小屋要挤八个人，所以有点条件的，要么就回家住，要么就租房子住。刚开始屋里除了我俩，还住了个食堂切墩的大姐，后来大姐搬走了，屋里就剩了我俩。

"住了一阵子之后，我总觉得安红怪怪的，不是偷看我洗澡，就是偷看我换衣服，色眯眯的，跟个爷们儿似的。我一开始也没往心里去，合计都是女的，看就看呗。但是后来有一次半夜，我睡得五迷三道的，突然感觉有人在背后隔着被摸我。情急之下，我一边叫一边猛地伸手抓住了那个人的手腕，一回身，才发现那个人居然是安红。我当时都要被吓死了，第二天赶紧去找我同住在省城的远房表哥了。再之后，我都躲着她走，一看到她，我就反胃。

"不过毕竟抬头不见低头见的，赶巧有一次我和她还有那个春英一起上钟，安红被个男客人给非礼了，她当时吓成那个样子，跟个什么似的，我心里瞬间痛快了。善有善报，恶有恶报，这下报应来了。但那个春英跟个虎妞儿似的，还帮她解围呢。果然，后来她就被安红给缠上了。不过啊，我告诉你，恶心的还在后头呢。

"我表哥家把山，来暖气之前差点儿没冻死我。我电褥子落在宿舍了，我想回去取，又害怕撞见安红，就特意挑了个傍晚的时间，我记得那天还下了雨，我偷摸溜了进去，合计拿了褥子就走。警察同志，你猜我当时在宿舍看到了什么？"

老丁没开口，他的眉头一高一低，心被阿珍的话牢牢拴在半空，不上不下，怦怦直跳。而阿珍接下来的答案如同一颗石头，砰的一下掉到了本就不平静的湖面上，带着老丁一下一下往下坠。湖底水草满布，缠着个生锈的大钟。石头继续下沉，咣当一下撞到了钟，嗡声不断，连着水波纹荡漾开去。

不知道持续了多久，等他回过神来，阿珍已经离开了，屋里只剩下他自己。

百叶窗里透出一条条橘黄色的光线，外面的天亮了。老丁把杯子里剩下的茶水一饮而尽，茶水凉得发苦。

大厅里，前台小妹儿和吴经理都杵在那里，满脸堆着笑容。

老丁只是摆了摆手，从侧门离开，茫然地沿着原路往回走。

车变多了，雪地被人和车踩轧出了路，白色被染成了灰色。老丁的脑海里回响着阿珍的话："我……我看到安红和春英俩人一起躺在下铺，胳膊腿紧紧扭在一起……"

手机在上衣口袋里，振得好似要掉出来，来电的是小马："快回来，这边有情况，小连应该还在楼里。"

第九章

五个女人（五）

大凤儿

二〇〇四年十二月第一个星期一。

来送骨头汤的婆婆刚走，家里又安静了下来。大凤儿不得不承认，多年来的习惯让她更加喜欢独处。即使结婚之后，每次听到东亮要加班的消息，她也不会觉得失落。

大凤儿来到厕所，叉着腿，轻坐在马桶沿儿上。大凤儿扶着圆鼓的肚子，不敢使劲，屎意明显，但怎么也拉不出来。

这时，门铃响了起来，大凤儿扶着右手边的纸筒架艰难起身，着急地挪步到门前。猫眼里，老金提着一瓶酒，还有两罐奶粉，不请自来。

老金换了鞋，鞋上好些泥，把新刷的地垫染黄了。他径直走到沙发上坐下来，把手里的东西放到茶几上，仰着头打量着屋里。

这是他第一次来。

"快生了吧？"

"快了。"

"男孩儿女孩儿？"

"没查。"

"起名了吗？"

"没。"

"我就是来看看你还有孩子，没别的事儿。"老金笑着往兜儿里去掏烟，临了又作罢，只抓了一把桌上的毛嗑（瓜子）。

他比上次见面时瘦了很多，不知道哪里变得有些不一样了，大凤儿说不上来。

咔嗒，牙缝儿里传来瓜子被咬开的声音。

大凤儿看了眼玄关处挂的钟，距离东亮到家还有十来分钟，但愿他今天别加班。

咔嗒，另一颗瓜子被咬开。

大凤儿转身去厨房沏茶，但想不起来上次剩的半包大红袍被东亮塞在了哪里。

老金回身冲着厨房说："行了，你别忙了，我坐一会儿就走。"

茶叶被滚热的水泡着，在玻璃杯里四散逃开，香味儿顺着热气涌进大凤儿的鼻孔里，一瞬间，大凤儿想起自己小时候，也给老金这样沏过茶。

对，那是自己还不懂事的时候，是二龙出生之前。当时，自己的身边，还站着妈妈。妈妈说，这是爸爸的处长朋友送的，很高级，要省着点放。

大凤儿用托盘端着茶杯出来，老金正背对着她，研究着桌上他带来的奶粉。他后脑勺的头发稀疏了，白头发十分明显。

"这奶粉我好像买错了。这上面写的啥，你瞅瞅，我这眼睛花得厉害。"

"哦，没事儿。"

大凤儿把托盘放到老金面前。老金放下奶粉，用手捏着杯口又放下。

太烫，杯子拿不住。

"你这屋装修得不错，花了不少钱吧？"

"是东亮弄的。"

"东亮不错。他现在升职了吗？"

"没有。"

大凤儿想问老金有没有找到二龙，但不知道怎么开口。犹豫间，东亮回来了。

来不及做饭，东亮从附近的酒店要了几个菜，还说自己藏了一瓶好酒，今天正好贡献出来，和爸喝两杯。

老金依旧坐在沙发上，打量着东亮，说："喝我这瓶吧，我带来的。"

菜到得很快，满满当当的，摆了一大桌。老金入了座，笑着说仨人点这么多菜，实在浪费，还说自己最近都吃得清淡。

东亮忙把老金面前的地三鲜和锅包肉挪走，把水煮大虾和清炒时蔬挪过去。

大凤儿没什么胃口，胡乱吃了些，就躲到了洗手间里，坐回马桶上。

堵得慌。心里，胃里，还有肠子里。

还是拉不出来。大凤儿冲了水，开了水龙头，凑近镜子，用湿手捋了捋额角稀楞的头发。眼角，嘴角，还有肚子上，突然冒出的纹路不断提醒着自己最近老得明显。

大凤儿回到餐桌上。老金的脸连同脖子都红了。他手舞足蹈地说着不着边际的话，三句没说完，酒已经干了半杯。东亮不停地倒酒、夹菜，点着头，应答着。

"前一阵儿，我去找你以前那个孙校长了。孙校长，你还记得吧？"

物以类聚，人以群分。孙校长是大凤儿的高中校长。大凤儿不喜欢他，因为他和老金是一类人。趋炎附势是小，没有师德是大。

老金笑了一下，说："老孙惨啊，本来腿脚就不好，日常都要坐轮椅，前两天据说连人带轮椅从楼梯上摔下来，摔了个半身不遂，现在还在医院里躺着呢……这医院啊，不是什么好地方。"

老金说完又把东亮给他满上的酒杯端了起来："我还去找老薛了呢，那老鳖犊子，现在都是局长了。要我说，他大字都不识几个，就知道觍个脸三天两头来找我，找老孙，要不是因为他，我也不能，不能这个熊样儿。好在啊，老天爷长眼睛，善有善报，恶有恶报，他坏事做尽，自然是断子绝孙的命。"

老金说完把杯里的酒干了，看得出来，他有些激动。他拉过东亮的手，紧紧握住，一边拍着一边说："你放心吧，我一定能把那孩子给找出来。你看着吧，我要那老鳖犊子吃不了兜着走。对，还有钱，以后我们就有钱了。老薛答应我了，找到那独苗就把钱都给我。你放心吧，大凤儿的后半辈子，有你我就放心了，你比我强，我看出来了。我看人，准得很。"

老金醉得厉害，东倒西歪，说的话越来越不着边际，听得大凤儿不明所以。东亮说自己打辆车，送老金回去，却不知道老金现在住在哪里。

老金站也站不稳，嘴里只念叨着不用送，不用送，一下子吐在了门口的地垫上。

大凤儿大颗的眼泪直直地砸下去，滑溜溜的，一低头，才发现自己的羊水不知道什么时候破了。

小翠儿

二〇〇四年十二月的第二个星期一。

小翠儿把摞得满满当当的大筐举到了门口的桌子上。筐里都是刚洗完还没干透的盘子碗，其中的水珠崩了小翠儿一脸。她漫不经心地抬手用胳膊擦了擦，一屁股坐到凳子上。

昨晚临走前，她在店里接了个电话，是大学同学打来的。对方报出的名字很陌生，小翠儿对不上号儿。

那人也没什么特别的事儿，说自己刚从北京回来，马上就要出国了，想找大学时候的同学聚聚。她从蒋文文那里知道了小翠儿店里的电话，所以打来问一问。

小翠儿想起蒋文文拿名片时纤长又白皙的手指，又低头看了看自己骨节突出、沾满油渍的双手。

小翠儿后悔没听老何的话，多在家休息，别来店里。要是没来，就不会接到这个电话。

在后厨煮骨头汤的朴姨招呼小翠儿去打下手。小翠儿回过神来，喊着来了来了，走进厨房。热气腾腾的白雾漫开，混着腥气，让小翠儿突然觉得胃里有东西往上翻，小翠儿忍不住呕了一下，忙用手捂住嘴。

什么都没吐出来，只返上来一股酸水。小翠儿拍了拍胸口，顺了顺气，没想又是一阵干呕。

正用大勺搅弄着大锅的朴姨看在眼里，打趣着说小翠儿这是有喜了，还说自己以前有了的时候，也闻不得这肉腥味儿。

小翠儿摆摆手，把案板上切好的葱姜递到朴姨面前，一个人回到餐桌旁擦盘子碗。

不锈钢的小碗儿洗得光溜溜的，反着光，上面映出个变了形的小翠儿，扁扁的头和溜圆的眼珠。

该不会是真的有了吧？

小翠儿和大力结婚已经有些日子了，有了孩子也正常，但是，自己真的想要孩子吗？小翠儿一边问自己，一边摸了摸围裙下的小腹，想起那里曾经住过的孩子，小翠儿快速地摇了摇头。

不，她还没有准备好。

结婚的事儿，爹已经给自己做了主，但是生孩子，得自己说了算。

要是真有了怎么办？

没等小翠儿想明白，下午，朴姨已经把这件事儿添油加醋地告诉了何老五和大力他爸他妈。于是，三个老人第二天一大早就催着大力领小翠儿去了医院，挂号，抽血，等结果。

走廊上的塑料凳子拔凉，小翠儿的心慌慌不安地跳着。有那么一瞬间，小翠儿好像在自己的身体里听到了两个人的心跳。

护士在叫小翠儿的名字，大力抬着小翠儿的胳膊回到了诊室。

女大夫看着化验单，说孩子已经两个多月了。

大力又惊又喜，激动得直搓手，连忙问着男孩儿女孩儿。大夫面无表情地说这个不知道，等生出来就知道了。大力满脸堆笑，忙说要是个男孩儿就好了。

女大夫说，爸爸不能这么想，男孩儿女孩儿都很好。

大力小心地扶着小翠儿，在医院门口伸手拦了辆出租车。车上，大力和司机说笑着，张口闭口都是孩子的事儿。再后来的事儿，小翠儿已经记不得了。二人没回店里，直接回了家，大力给店里打了电话报了喜，张罗着晚上摆一桌子庆祝一下。他兴奋地走来走去，从柜子最里面掏出结婚时别人送的酒，寻思着晚上要买肘子，再买点虾——肘子和虾，都是他和公婆爱吃的。

短暂的热闹之后，客厅陷入了沉默，除了这几个人，大力没人可通知了。

大力这才想起来回到卧室，问小翠儿要吃点啥。小翠儿侧躺在床上，背着身子，摇了摇头，只说自己没胃口。大力说那不行，劝小翠儿说现在她是一人吃，两人补，不管有没有胃口也得为了孩子吃几口。大力还说店里昨儿正好新熬了骨头汤，让妈带回来一份，正好补一补。说着，他就去厨房翻以前买的保温饭盒。

小翠儿的胃里也跟着昨天大锅里的骨头和打着旋的血沫子一起翻滚起来，她呕了几下，啥也吐不出来。为了抽血，她还什么都没吃呢。她掀开被子，撩开毛衣，看着自己扁平的肚子，突然想起了那天神采飞扬的蒋文文。

不知道蒋文文的肚子会是什么样子？

小翠儿把掀开的被子重新裹在身上，进入梦境。

梦里，小翠儿和室友五个人一起去学校的澡堂洗澡。把水卡用洗头膏抵住，堵塞的花洒沥沥拉拉地出了水。为了省钱，只能两个人挤在一个花洒下交替着洗头、搓澡、打沐浴露。

今天，小翠儿和蒋文文搭伴，花洒下，蒋文文的肚子微微凸起，还有一道内裤勒出的红色印记。

那自己的肚子是什么样呢？大概也是如此吧。小翠儿低头，

才发现自己的肚子鼓了个大包，圆圆的，上面布满可怖的深色纹路。

这时，澡堂里突然走进来一个陌生女人。她面目清秀，扎着两条辫子，肚子和自己一样鼓。

小翠儿觉得自己在哪里见过她，而且不止一次。

和着哗啦啦的水声，笑声四起，把小翠儿惊醒，她这才意识到，是爸和公婆来了，三个老人正在客厅里你一言我一语，笑得好像孩子。

沈君华

二〇〇四年，失踪案发生当天晚上十一点。

出租车拐进了郭家小区，在五号楼二单元门口停了下来。沈君华把包挎在胳肢窝底下下了车，从后备箱里费力地拽出个大行李箱。

行李箱里是些衣物，是原本计划出国时收拾好的。沈君华干脆直接提了过来，搬家至少需要一个箱子才逼真。

中介小贾说，房东会在楼下等她，沈君华没想到，房东是个年纪和自己相仿的女人，微胖，短发，笑脸相迎。

她介绍说自己叫张静，门锁师傅刚过来修好锁，水电也都检查过，没啥问题。

沈君华点点头，张静过来搭把手，俩人连搬带抬，弄着箱子进了楼道。

来之前，沈君华琢磨了一下，第一个难题就是可能会在楼里碰上老徐，所以沈君华特意乔装了一番，用围巾、墨镜和宽大的棉袄，把自己包裹得严严实实。不过目前，这个担心显得有些多余，因为刚才下车的时候，她并没有看见老徐的那辆出租车，说明老徐大概率现在不在家。

才到二楼，俩人都开始喘气。打头的张静示意放下箱子，缓一缓。可还不等箱子落地，沈君华便看到从正前方的缓步台上，跑下来个警察。

那警察看起来挺年轻，瘦瘦的，并不太高，紧皱的眉头下面嵌着一双锐利的眼睛。二楼的感应灯坏了，自己只能借些楼下的光看看，可那身藏在大棉袄下的制服，沈君华绝不会认错。因为前几年，自己每天都要面对穿这身衣服的人。

张静和他点头示意，指了指身后的沈君华，说是新来的租客。那个小伙子微微点头，问了嘴要不要帮忙。

张静忙摆摆手，说不用麻烦。

那小伙子说句那自己先去忙了，笑着瞥了沈君华一眼，便和两人擦肩而过，继续下楼。

沈君华屏住喘着的粗气，下意识地撇开头，拽着行李箱的手差点儿脱了力。

哪来的警察？是原本的住户？还是有案子？

歇了不到一分钟，俩人继续向上来到三楼，斑驳的墙上用红漆喷着个阿拉伯数字 3，歪歪扭扭的。沈君华墨镜后的目光紧紧注视着中户那扇发灰的铁门，不动声色地背过身去。这次，张静没有停，反而加快了脚步。沈君华也默不作声，继续爬楼，用沉重的脚步声，掩饰住自己窜动的心。

俩人一鼓作气来到四楼，把箱子重重地放在了地上。张静从裤兜儿里掏了钥匙开门，领了沈君华进屋。

屋子不大，但很干净。张静没让沈君华换鞋。

"床单都是新的，你也可以换你自己的，以前的灯泡太暗了，我也都换了，钥匙有两把，都给你吧，有啥坏了，你联系我或者联系小贾都行。"张静上气不接下气地说，但沈君华并没有在听。

"刚才楼道里碰见的，是警察吧？"沈君华明知故问。

"是。"

"他也是这儿的住户?"

"那不是,三楼的孩子丢了,警察过来找孩子的。"

"这样啊……"沈君华舒了一口气,却突然意识到什么,"三楼?三楼哪一户啊?"

"就中间那户……不过你放心,我们这栋楼,还是很安全的。"

"怎么丢了?什么……时候的事儿?"

"也……也就今儿一早吧,警察是这么说的。"

"还没找到吗?"

"没呢……那啥,你先收拾收拾。我今儿不走,就住楼下301,楼下是我妈家,你要有啥事儿,随时下来找我就行。"

沈君华点点头,笑着送走了张静后,挪到沙发跟前坐了下来,看着地砖上的裂缝儿愣神。屋子里飘着一股淡淡的84消毒水味儿,顺着她的鼻腔,爬进大脑。

怎么会?自己还没来,孩子已经丢了。

说实话,从来之前到现在,沈君华都不清楚自己到底要干什么,她只想走一步看一步。箱子里的手语书也好,化妆包里装着乙醚的玻璃瓶也罢,都并非事先的计划。而这一刻,她也不清楚,自己当下的心情是什么。

是开心?是疑惑?是害怕?是愤怒?

开心自然是因为心中所想所念的事情居然就这样不费吹灰之力完成了;疑惑是失踪到底是意外还是有人与自己不谋而合,抢先一步让孩子失踪;害怕是因为警察已经介入了调查,如果按照流程排查老徐的人际关系,那么一定会查到与老徐有着杀子之仇的自己身上,而现在,自己竟然自投罗网了;愤怒是因为自己

终究没能亲自下手，让老徐也尝尝痛苦的滋味。

此时，沈君华的心里拧成了一股乱麻，各种心情变换着姿势捆绑着她。

没想到，这梦寐以求住进来的房子，一瞬间竟成了她的牢笼。

她需要一个办法脱身，从这栋楼里消失。但是孩子失踪，来查案的警察肯定不止刚才见到的那一个，说不定还有更多的警察就在附近。

偏偏这个节骨眼儿上，孩子丢了。如果她的真实身份被警察发现，租住在这里的目的就足够让人起疑，她到时候自然而然就会成为失踪案的头号嫌疑人。她知道自己是清白的，可警察能相信吗？

别慌，自己明明什么都没有做啊！

沈君华把耳朵贴在大门上，听着楼道内的动静。但是楼道内却鸦雀无声。失踪儿童的最佳搜索时间是二十四个小时。眼下，警察应该和自己一样成了热锅上的蚂蚁吧？对了，还有老徐呢，他也一定急成了无头苍蝇才对。

想到这里，沈君华终于露出了笑容。

螳螂捕蝉，黄雀在后。或许，孩子不久就会被找到，而自己这只黄雀，还不到离开的时候。

屋子里静悄悄的，仿佛没有人。沈君华打开了行李箱，从浮头上掏出双拖鞋放在地上，接着拉开靴筒侧面的拉链。换上拖鞋之后，沈君华再次感到无所适从，继续呆坐在沙发上。屋子里又静悄悄的了，沈君华有些恍惚，这里仿佛变成了原来那个家。安静，有的时候真的令人害怕。

这时，屋子的深处突然传来一阵窸窸窣窣的响动。沈君华心中一惊，循着若有似无的声音，蹑手蹑脚地来到了一个大衣柜前……

晓丹

二○○四年十二月，失踪案当天晚上十二点。

一路上，后座的晓丹都很沉默。电台里放着周蕙的歌，大茂从后视镜里看晓丹。晓丹盯着窗外入了神，但是窗户上已经有了一层白雾，根本什么都看不见。

晓丹的心里惊魂未定，因为刚才，安红醒了。

隔壁床搬来了刚入院的大姐，一家人正围着病床抹眼泪，黑压压乱成一团。晓丹起身，换了一边坐下，给站不下的人腾出一块地方。

晓丹的心里舒了一口气，幸好，不然屋子里只有自己和安红，让她觉得有些不安。

也就是在这个时候，安红绑着纱布的手腕抬起，猛地攥住了晓丹搁在床上的手。

"丹……"安红的声音在嗓子眼儿里变成气声，有气无力的，险些淹没在隔壁床嘈杂的寒暄里。

"你……你醒了！我去找护士……找护士过来……"晓丹慌忙起身，却没想安红的手突然用力，死死拉住了自己。

"别……我有话，告诉你……"

晓丹皱紧眉头，怕安红要说的是回光返照的遗言。

"你说……"晓丹把头贴近安红的嘴巴，只觉得一股热气喷在耳蜗里。

"我得走了……"

晓丹弹开，看着安红，却不想她的嘴角露出一丝笑容来。

"我……我不明白……"

"你身上有钱吗？"

"钱？"晓丹掏着自己的牛仔裤，屁兜儿里只有一张五块。

"不够……"

晓丹又去掏椅背上的大衣外套，又翻出一张二十。晓丹想去翻包，这才发现包落在了大茂车上。

"红，你要钱干啥？"

安红还是笑着，咧开的嘴角让干裂的嘴唇破了皮。她缓慢地忽闪了下眼睛，轻轻说："别告诉别人，就当我没醒……反正，你也希望我消失的，不是吗？"

隔壁床探病的人群散去，护士夹着病历板来巡房，通知家属需要可以去楼下打饭。走到安红这床，晓丹欲言又止。床上的安红又恢复了原先昏迷的模样，刚才的对话好像根本没发生过。

"你等我……"丢下这句话，晓丹绕过正在护士站问话的胖警察，慌忙去走廊上寻找大茂的身影。她包里还有个装着一千块钱的牛皮纸信封，是大茂嘱咐自己带来医院帮老徐应急用的。

拿到车钥匙，晓丹直奔停车场。

外面的天已经全黑了，风好冷，好像来自每一个方向，直着灌进自己的靴筒里，直抵脚心。寒意顺着脚底板爬向大脑，在关上车门的瞬间，巨响回荡在空旷的停车场里，那一刻，晓丹明白了安红话中的含义——她说的走，是逃离。而她要逃离的老徐，是自己非要塞给她的枷锁。

晓丹把装钱的信封塞进袖子里，又小跑上楼。走到病房门口，她撞见了那个警察离开，故作镇静地调整着呼吸，推门而入，把信封悄悄插进安红的枕头下面，贴着安红的头，轻声说了句："你放心……"

临走前，她摘下羊毛围巾，丢进床下装衣物的大盆。最后看了一眼安红安详的睡脸，晓丹在心底说了一句再见。

那个叫老丁的老警察下了车，装睡的晓丹才睁开双眼，望着车窗发呆。

"你想什么呢？"

"没……没什么……"

"你别操心了，警察肯定能找到小连的，你放心吧！冷吗？要不要把暖风调大点？"

"是有一点冷……"

"你围脖呢？"

"啊……"晓丹慌乱地摸了摸自己空荡荡的脖子，搪塞道，"好像出门就忘了带了……"

"是吗？"大茂半信半疑，把暖风的旋钮向右转了两下。

"你说……是……是我害了安红吗？"

"你说什么呢？这不是你的错，你别瞎合计了！她不是有病吗？有些精神病人平时看不出来，就跟正常人一样，发病的时候很吓人的，啥事儿都做得出来……"

"可安红她的病……"晓丹攥紧拳头，与安红相识后的一幕幕迅速闪过心头。

她想起安红对待自己的真诚与温柔，想起安红对自己的偏爱与照顾，但胆怯的她听信大姑的话，疏远了她，甚至把她介绍给了老徐。自己刚怀上了宝宝，而小连丢了，这一切难道真如大姑所说，是天意吗？

　　"你啊，就是太善良了，快别胡思乱想了，回家赶紧休息，明天估计还有的忙呢！"

　　"善良？"

　　"是啊！"

　　"哈哈哈哈。"晓丹有些崩溃地笑出了声。

　　"晓丹，你咋了这是？"

　　晓丹没有回话，她想起安红给自己打的最后一通电话。电话里，安红拜托自己来救救她。安红的声音带着哭腔，如同自己买给小连的滋水枪，一下下冲进自己的耳膜。她害怕那是一个陷阱，一个安红用爱意编织而成的盘丝洞。她害怕自己陷进安红的陷阱里，无法脱身。晓丹记得自己举着电话拼命地摇头，仿佛要挣开层层的蛛网。

　　一个急刹车，眼前的红灯让晓丹恢复了平静。她用食指抹开玻璃上的白雾，安红是打算今晚就走吗？

　　望着窗外闪过的事物，晓丹回想着刚才安红的眼神，那样虚弱却充满坚定。但是安红说得并不对。自己从来都不想让安红消失，相反，她是想让胆怯的自己消失。

　　还好，这一次，自己选择了勇敢。

安红

二〇〇四年十二月，失踪案案发第二天早上。

安红醒了很久，才敢放心地睁开眼睛。嘴唇好干，她用舌头搜刮着上牙膛的唾液，润了润两唇之间。皱着眉头，安红转了转眼球，让自己适应病房里微弱的光亮。她知道警察来过，也翻过她的衣物，也知道老徐离开了病房。她得抓紧，她知道老徐不是去撒尿，就是去抽烟，总之，很快就会回来。

没有任何犹豫，安红一把拽掉手上插的管子。开口的胶布撕扯着手背上的绒毛，但她并不觉得疼。她用缠着纱布的手腕轻掀被子，用手肘撑着下了地。腿是软的，脚踩在冰凉的水泥上，差点儿站不稳。

她弯下身子，伸着胳膊去够大盆里的衣物，安红褪下病号服，把衣物统统套在身上。冰凉的衣物，还带着一丝腥气。安红知道，那是自己血液的味道。只有那条散发着晓丹味道的围脖，温暖地包围着安红的脖颈。

她把手伸进棉袄的内袋，里面的五十块钱以及自己和小连的身份证没有被警察拿走。她有些后悔张嘴问晓丹要钱了，或许晓丹现在已经告诉了老徐。

糟了，没有鞋子。

安红蹲下身子，在隔壁床的另一侧，找到了一双棉鞋。她踮起脚，走过去，蜷缩着脚趾把脚塞进去。鞋子的主人，此刻正躺在病床上。傍晚的热闹不复存在，没有人留下陪床。大姐的胸腔均匀地起伏着，睡得如婴儿般安详。

安红走回自己的床位，从床头的果篮里掰了两根香蕉塞进兜儿里，从枕头底下取出晓丹留下的钱，走出了病房，绕过护士站，走楼梯下楼。

不合脚的棉鞋拖着地面，发出沙沙声，在空旷的医院走廊里回荡。安全出口的绿色灯光，让狭长的走廊看起来像极了直达阴曹地府的通道。

但安红根本不怕，对她来说，那是通向自由的唯一出口。

该向晓丹要一块手表的。安红不知道现在是几点，或许是半夜，或许是清早，她加快脚步，不让自己停留。

这个医院，她来过几次，所以能轻车熟路地找到侧门的位置。那里就算是半夜也不会锁门，因为旁边就连着急诊通道。她推门而出，鱼贯涌入的北风迎面向她扑来，风里夹着一些薄雪，安红从中闻到了自由的味道。

她把围巾整个裹在身上，顶风走着。天完全是黑的，路上一个人都没有，看样子，时间还早。她颤抖的影子被路灯操控着，拉长又压短，安红没想到，雪后的省城，比自己想象的要冷得多。

要是当时多穿一件毛衣就好了。安红回忆起一天前的场景，这才发觉自己割破的手腕有些隐隐作痛。

她想起自己脱掉裤子，用耻辱的姿势蹲在地上，任凭自己的经血流了满地；她想起自己存了几天的红色罐子，把里面兑了水的腥臭的液体倒在地上；她想起自己握着裁纸刀，割开自己的手腕；她想起感受着血液从手腕中流出，想起门外传来熟悉的脚步声，想起自己计划假装躺在血泊中实则真的晕倒……

恍惚中，那个男人大力摇晃着自己，呼喊着并不属于自己的名字。

这个名字是怎么来的呢？安红记得自己看过一部电影，情节大多都记不清了，只记得有一个男人，不停在画面中叫着"安红"。那个安红很漂亮，也很任性。

男人把自己抱起来，她听到他又开始喊小连的名字，可无人应答，她也听到他掏出钥匙，反锁了家门，听到他迈着沉重的步子下楼，听到他急促的呼吸打在自己的脸上，还带着昨夜啤酒味道的口臭……

那一刻，自己脸上的表情是怎样的？

是不是像刚才隔壁床上的大姐那样快乐与安详？

接下来的事情，照着自己计划的方向发展着，唯一不同的是，安红没想到老徐会在第一时间报警，也没有想到，警察会站在自己的病床旁。

为什么警察会来？是怀疑到自己头上了吗？

现在的他们不是应该集中警力找小连才对吗？

难道事情败露了？

安红再次想要加快脚步，可她根本没有力气。那种感觉就像在梦里，她空有一颗想飞的心，可腾挪了半天还留在原地。她找了棵位置隐蔽的树，站在树下，从兜儿里掏出香蕉啃咬着。不会的……她的计划不可能暴露的，至少不会这样快……

难道是小连失败了……果然，小孩子是最不靠谱的……

两根香蕉吃完，安红再次上路。拐过街角，再走两个路口，就是信上约定的地点。

那是原来的洗脚城女工宿舍，因为住的人太少，后来改成了招待所。一个小房间，不需要证件，一个晚上三十块钱，不带窗户的更便宜。因为靠近西站，二十四小时营业，而且人员混杂，正是碰头的最佳场所，唯一的缺点就是不能洗澡。

安红在前台交了钱，拿了钥匙。前台背后的墙上，电子钟显示着时间刚过六点，还好，没有迟到，甚至还早了那么一点。

安红要了一碗泡面，得知屋里可以自己烧热水之后，直接上了二楼。

这里重新装修过，已经完全看不出以前的宿舍模样。楼梯摇晃着，吱呀声被泛着潮味儿的地毯压得闷闷的，好像喘不过气来。

钥匙上贴了一块纸质胶布，上面用圆珠笔写着二〇二。屋里的潮味儿更重，棚顶的管灯闪了几下才亮踏实。安红把泡面扔到床上，马上去打开了窗户。清新的冷空气涌进来，和刚才吹在脸上、身上的一样冷，却让人舒坦。

安红找到暖壶，打开盖子发现没有木塞，里面还插着个热得快。清洗了几番，安红烧上了水。咕噜咕噜的水声传来，她坐在床上，用手抠开泡面包装，把调料包挨个挤进去。注入热水，盖好盖子，插上叉子，不一会儿，混着肉味儿的香气飘来。

耐心，自己再等上几分钟就可以填饱肚子。这几分钟，和之前等待的时间相比，微不足道。

安红正想着，楼梯处传来一阵响动，几秒钟后，敲门声响了起来。

安红慌乱地整理了几下头发，奔过去开门。

门外，站着个安红从来没见过的女人，而她身边立着个硕大的行李箱。

第十章

消失的孩子（五）

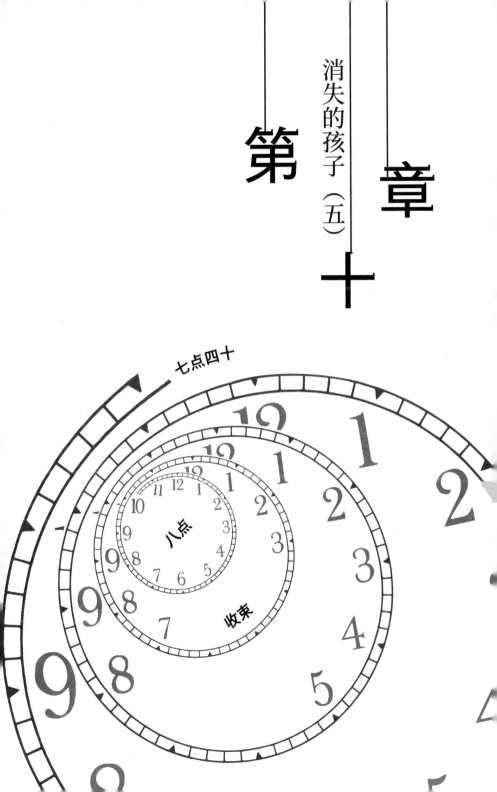

七点四十

搜查令下来了。来不及等老丁回来，小马决定立刻行动。他吩咐女小赵守在五号楼楼门口，自己带着男小赵和另外两位同事上了楼。

在小马的推理中，小连失踪这件事儿从很久之前便开始运作了。

那个时候，安红和小连刚开始被老徐禁足家中，但安红并不甘心如此。她打定主意想要逃跑，但这件事儿，她自己无法完成。她需要帮手，而这个帮手，便是春英。

于是，一个计划在安红心中悄然诞生了，计划的第一步，就是通信。

某一天安红赶在老徐回家之前，安排小连躲入密室。老徐回家后，安红便在小屋内唱儿歌，制造小连和自己一起躺在小屋内准备入睡的假象。等老徐睡熟后，小连便从密室出来，打开大门，帮助安红投信与取信。

而这些信件中，一定有一封求助信。信上的内容小马不得而知，但安红从春英那里得到了让自己满意的答复，并得到了春英代买的火车票。但出乎意料的是，老徐居然很快发现了火车票，并且开始变本加厉地盯防她们母子。

于是，安红修改了接下来的计划，在其中加入了自杀这出戏码。

接下来，更改后的计划第二步开始实施，也是计划中最简单的一步——等待。

几天前，安红生理期到来，她偷偷用玻璃罐收集自己的经血，并混合红色颜料，而这个步骤，一直持续到昨天凌晨，才算全部完成。接下来，安红和小连故技重施，只是这次小连的任务并非投递信件。

在安红的计划里，小连会直接下楼，然后和等在楼下的春英会合。小马推测，那对堆雪人的父子看到的楼门口的神秘人，很可能就是春英。按照当时小男孩的证词，只一转眼的工夫，神秘人就消失了，那么，很有可能是春英左等右等，没有等来小连，所以，她决定直接进入楼内寻找小连。接下来，按照送奶工的证词可知，当天雪停后到早上五点前，并没有人出过楼门。所以，虽然不知道春英和小连是发生了意外还是原计划如此，但此时他们应该都还在楼内才对。

另一边，安红还有一个任务没有完成，那就是脱身。在小连出门后，安红会等到老徐起床。接着，她会用事先准备好的裁纸刀小心翼翼地割破自己的手腕，制造不深不浅的伤口，毕竟，她的目的并非自杀。接下来，她会把事先备好的红色混合物倒在地上，制造血泊，自己再躺入其中，制造响动，吸引老徐前来。

老徐按照安红的预想，把她送入医院，同时，老徐也适时发现了小连的失踪。措手不及的老徐此时已是按下葫芦起了瓢，一定顾不上躺在医院里的安红。所以，安红只需要躺在医院内伺机而动即可。

现在看来，安红的计划几近成功。但是她没有想到的是，老徐居然会在那么短的时间内选择了报警，而且，春英并没有成功带着小连离开。

那么，此时此刻，小连和春英会躲在哪里呢？

小马三步并作两步，来到五楼，他决定从五楼开始挨家挨户地搜查一遍，而他的第一个怀疑对象，就是经常忘记锁门的老两口。

从 501 开始，到一楼小卖部结束，折腾了将近一个小时，小马并没有在任何一个住户的家中找到小连以及春英。

不对，到底是哪里出了问题？

这个时候，晓丹和大茂赶了过来，他俩说，本来在接到电话后就立马往回赶的，但老丁却在半路突然下了车，还说自己要去一个很重要的地方。

八点

　　天亮了大半，远处楼房夹缝儿中的天空已经添了几缕红色，路上的行人开始变多，一些环卫工扛着铁锹，拖着沉重的步子，和老丁走在相反的方向上。冷，但逐渐加快脚步的老丁却觉得热血沸腾，他喘着粗气，下巴周围的衣领上也跟着结了冰碴儿。

　　拐过前面的路口向着胡同里再走上几百米，在老丁眼前的，是一座五层楼高的小招待所。红绿色的招牌还亮着，门口的玻璃上，用发皱的红色贴纸写着过夜、钟点房、早饭三排字。就是这儿——刚才洗脚城吴经理口中原先的女职工宿舍。

　　来到前台，老丁亮出证件，前台女人面露难色地跑开，从一楼旮旯的房间里拽出个睡眼惺忪的壮汉。

　　表明原因后，警惕的壮汉舒了一口气，翻了翻登记本，让前台的女人带着备用钥匙领老丁上了二楼。

　　"是一个人来的？没带孩子？"

　　"就个女的，自己，没孩子。"

　　"登记了吗？"

　　"咱这小旅店，不登记也行。"

　　"多久前到的？"

　　"没过多久，来的时候要了桶泡面。到了，就这屋。"

　　椭圆的门牌上镶嵌着生锈的二〇二标志。老丁把耳朵贴在门上，屋里似乎有人对话的声音。

"你来敲门……"老丁放低嗓音，躲开猫眼的可视范围闪到一边。

女人用指节扣了两下门，里面没人应答，她看了老丁一眼，又重重地敲了好几下。

"拿钥匙开门吧。"

女人从一大串钥匙里找出对的那把，手抖着打开了房门。

屋里没人，电视却开着，里面放着早间新闻。老丁快速把屋里扫了个遍，房间也就巴掌大，除了床头柜上的空方便面桶，安红什么都没留下。

"奇了怪了，人哪儿去了？"

"你刚才一直在前台看门来着？"

"是啊，那女的来了之后，我就睡不着了，一直在前台待着绣十字绣来着。"

"这段时间没人出去？"

"没有，肯定没有，我也不瞎。"

"你这招待所，有后门吗？"

"后门？啊，有倒是有一个，不过一般住店的人不可能知道在哪儿的。"

但安红并非一般的客人，这里是她以前住过的宿舍，对于这个地方，她可能比眼前的女人还要熟悉。

后门的位置确实隐蔽。女人带老丁下到一楼，走到走廊尽头后进了开水房。后门就在开水房，推门出去，就来到了招待所后身儿的一条窄巷。

老丁叹了一口气，他还是来晚一步。

"那女人来的时候说什么了？"

"啥也没说，就问有没有热水，我说屋里就能烧。"

"那她房费结了吗？"

"结了啊。来的时候就给了，三十块一分不少。警察同志，那女的犯的是啥案子啊？"

"不是什么大案子。你这边要是有新消息，记得去派出所报告。"老丁不想耽误时间，他得赶紧赶回郭家小区去，安红如果没有在这里等到小连，一定会回去的。

临走前，老丁又问了句："对了，那女的来了之后，后来有客人来找过她吗？"

"没有！倒是后来又来了个女的，拎着个大箱子。"

"那人长啥样？"

"比之前那个高一点，也很瘦，拎大箱子的时候很吃力。"

"她身边有孩子吗？"

"没有啊……就带了个箱子。"

收束

  无功而返，老丁两手空空回到五号楼的时候，小马正在楼门口来来回回地翻看自己关于这个案子的记录。见老丁回来了，小马合上本子。

  "你去哪儿了啊？"

  "我去了趟安红之前待过的宿舍，现在改成招待所了。你呢，站在这儿干啥？不嫌冷啊？"

  "吹吹冷风，一边等你，一边醒醒脑子。那你去招待所结果咋样？"

  "扑了个空。现在依然没办法肯定小连是否跟安红在一块儿。"

  "招待所的人咋说？"

  "安红倒是去了，但是没见着孩子。你之前说孩子还在楼里，是啥意思？"

  "可能，是我想错了……我们挨家挨户地搜了，家里没人的也进去查了，都没有。"

  长话短说，小马把之前的猜想和查到的东西，全都告诉了老丁。老丁听完，什么都没说，只是从裤兜儿里掏出根烟，放到鼻孔边闻了闻，叹着气说："我给老曲打个电话，借两条警犬来。"

  两个人再一次一起进入楼道，幽暗的楼道和之前别无二致，被折腾了一番的邻里们也都无心看热闹，纷纷关上了门。二楼的感应灯还是坏的，借着缓步台窗户透进来的晨曦，老丁扶着栏杆上楼。

"等一下。"身后的小马突然一嗓子，吓得老丁愣在原地。

"小连怕黑。那如果他下楼的时候，发现二楼的灯坏了，楼道里一片漆黑，会怎么办？"

"这……他总不会折返吧？"

"并非没有这个可能。你说，如果你住在三楼，你会主动去修二楼的灯吗？"

"那有啥不会的，要是住三楼，修五楼的才奇怪呢。"

"可要是你平时根本不出门呢？"

"你的意思是，周磊是为了小连才去修的灯？"

"没错。"

"可他和安红、小连有什么关系呢？按照老徐说的，小连几乎没有出过门，这个周磊也鲜少出门，他们俩，碰面的可能性几乎为零。"

"零倒是太绝对了。"

小马说一句迈一级台阶，此时，他俩已经来到了303的门口。

"刚才搜过吗？"

"搜过，连他四楼的仓库也搜了，没有。"

"行，等狗来了，先闻他家。"

回到302，老徐和大茂瘫坐在沙发上，手捂着脸，晓丹则心事重重地坐在一边的塑料凳上。

老丁解开羽绒服的拉链，还没走到大屋，座机先响了。

电话里，是个女人的声音，她说自己是安红，要求和老徐通话。

老徐从老丁手里接过听筒的时候，眉头上还锁着疑惑。在老丁的示意之下，他打开了免提。

女人的声音很小，背景中传来杂音，听起来她正置身于嘈杂的人群中。

"徐伟，我是安红。"她的声音冷静，让老丁想起了医院病床上那张面无表情的脸。

"安红，你去哪儿了你？小连呢？你把小连藏哪儿去了？"

"他就在我旁边。"

"啥……这怎么可能？"

"小连，你和徐叔叔说两句话。"

人群的声音占据了上风，几秒之后，传来了一阵断断续续的口哨声，短促的哨音遵循着特定的节奏，把老徐听哭了。

"小连，小连，我是徐爸爸，是爸爸，小连，你回来吧。爸爸答应你，再也不锁着你了，你回来吧，啊。"

老徐的话带着哭腔，可电话那头传来两声短促的哨音，老徐知道，那是否定的答案。

安红的声音再次传来："老徐，让警察同志们……也回去吧。"

"安红，我求求你，我现在啥都没有了，你别走，我错了，我真错了，你打我骂我都成，就是别走，行吗？"老徐恳求的声音囫囵在哽咽里，但对面已经挂断了电话。

老徐泣不成声，老丁拍了拍他的背，不过才十几个小时，但和第一次见面时相比，老徐的背好像更弯了。

"老徐……这案子，我们……"

泪流满面的老徐抽着鼻子，并没有转过身。他强挤出一声笑，说："警察同志，辛苦你们了，没事儿，孩子好好的，孩子他妈也没死，这案子……就结了吧……"

"老徐，你确定电话那头真的是小连在吹哨子吗？那种断续的哨音，想模仿根本不难。"小马提出疑问。

"那哨子，是我教给小连的，一声代表是，两声代表否……可，可你说的模仿……"

"如果你想确认，我知道他们在哪儿。"

"在哪儿？"

"是火车站，我确信，刚才电话背景音里，有火车站的播报声。"

"火车站？安红真的要带小连去广州？去找那个女人？"

"老徐，如果你想去告别或者当面道歉，我们可以陪你去，现在或许还来得及……但是，我劝你还是趁早打消把他们追回来，然后再次拴在身边的念头。"

老丁的话字字如钉，敲在老徐老泪纵横的眼眶内。望着老丁的眼睛，老徐点了点头。

车站里人声鼎沸，如织的人流穿针引线般纠缠成一张密密的网，网住时间和彼此的故事，然后又乘着列车，奔向各自的目的地。老徐、老丁和小马三个人穿梭在来往的人群里，很快便被这张大网淹没了。小马去服务台问过信息，今天去广州的火车只剩下两趟，一趟在二十分钟后开车，一趟是在下午。

赶到检票口，虽然还没有开始检票，三号检票口前已经排起了大长队，可其中并没有安红和小连的影子。

小马决定去厕所看看，老丁说要去食杂店瞅瞅，只留下老徐一个人守在检票口。

老徐落寞地蹲靠在一根大柱子前面，看着墙上挂着的大钟指针疯狂地转动，与此同时，旁边的电子屏幕上，检票信息不断翻滚着，一排排变换的数字让老徐迷离了双眼。他的手颤动着，老毛病又犯了。

还没等他继续思考，小马和老丁从两个方向跑来，俩人四目相对之后，都冲着老徐摇了摇头。

"难道，不是火车站？是汽车站？"老丁气喘吁吁，"我记得汽车站不远，就在东边。"

"不是汽车站。肯定是火车站。"小马说得斩钉截铁。

"你怎么那么肯定？"

"汽车站最近正在装修，附近的食杂店、小吃店都在拆迁，可以打公共电话的，只有站内的服务台。但按照电话中的嘈杂程度，他们一定是在室外，而且安红说话的时候，电话中的风声明显。所以，我敢肯定，她一定是在火车站门口的那些小商店里打的电话。"

"可现在找不到人啊？"

"说不定她不是去广州……她敢给你打电话，一定是马上要开的车，不给你留找过来的时间。我再去问，看看马上要开的还有哪几趟车。你们现在从门口开始，一个检票口一个检票口去检查。"

听到老丁发话，刚才蹲下的老徐立马起身，和小马一个左边一个右边，朝着人群奔去。

老丁再次来到服务台，得知马上要开的车里有一趟去大连，一趟去北京，一趟去成都，都是十分钟内要开走的。

老丁又问服务台的小姑娘见没见过一个女人带了个小男孩儿。

小姑娘扑哧一乐，说带了个小男孩儿的女人多了，你瞧，这边有，那边也有。

老丁顺着小姑娘指的方向望过去，确实，眼睛一扫，就看到两对母子，但都不是安红和小连。

偌大的火车站，三个人折腾得汗流浃背，却什么都没有找到，无功而返的挫败感再次袭来。

小马停不下来，他自告奋勇，要去附近的小卖部和小吃店打听一番，没想到，还真被他问到了。

那是一间卖炒饭炒面的小门脸儿，就在火车站旁边，门口有两口硕大的电饭锅，一个里面堆着黏苞米，一个里面煮着茶叶蛋。

店主是个热情的胖大妈。小马说到一半，大妈就笑着从灰扑扑的围裙里掏出个信封递给小马。

"一个女的给我的，还给了我一百块钱，说要是有人来打听她，就把这个信封给出去，要是今天都没有，就把信按照上面的地址寄了。我还纳闷呢，这是什么买卖？没想到还真有人来找，还来得这么快啊。"

"大妈，她身边带孩子了吗？"

"带了。打电话的时候，还在那儿吹哨子呢，我后来才知道，那孩子是个哑巴。"

"他们走了多久了？"

"不久，刚走，也就半拉点之前吧。"

"你知道他们要去哪儿吗？哪趟车？"

"这我可不知道，我也没问啊。但我看，那娘儿俩不像要坐火车。"

"啥意思？"

"我看他们一点行李也没有，而且打完了电话，也没往车站里头走。"

老徐拆信的时候，手还在颤。信封里有一张纸，是小连写的，铅笔的字迹有些歪扭，字数也不多。

　　　　徐爸爸，我走了。
　　　　我去找妈妈了。
　　　　我会开心的，
　　　　你以后也要开心。
　　　　我会想你的，
　　　　　　再见。

看完信，老徐二话没说，把信揣进裤兜儿就往外走。他也没朝车站的方向去。

小马和老丁跟在他身后，只听老徐淡淡地说了一句："结案吧。"

起风了，刺骨的北风搅动着老徐的头发，吹开他本就不浓密的黑发，露出其中的白丝。

老丁看到，他背影中的肩膀一抖又一抖。

老丁和小马回到派出所的时候已经是下午，老丁劝小马赶紧回家休息，小马也用同样的话劝老丁。

老丁的办公桌上还摆着那个磕掉了漆的搪瓷大茶杯，里面的茶叶打着蔫。老丁拿起来抿了一口，冰凉的茶水仿佛中药，从嗓子眼儿苦到胃囊里。

"小赵他俩呢，还没回来？"

"你临走前，不是让他们联系警犬吗？"

"案子都结了，也不用联系了，你呼下他俩，撤回来吧。"

没等小马抬屁股，女小赵一把推开了办公室的门。

"头儿，咋回事儿，老徐回去了，嚷嚷着让我们都走，说案子结了，可我们的警犬正搜着呢。"

"是结案了，孩子找到了。谁还在楼里呢？都叫回来吧。"

"可……可警犬有了新发现……"

"什么发现？"听到这儿，小马腾地从座位上弹起来。

"警犬在 403 找到了小连的玩具，老徐证实了，正是他之前买给小连的奥特曼。"

第十一章

五个女人（六）

沈君华

安红

小翠儿

张静

燕子

沈君华

沈君华没有想到，开门的是一个和自己想象中差距甚远的女人。

此刻的安红蹙着眉，头发蓬乱，素面朝天，但又瘦又高，五官清秀。她同样打量着沈君华，不知道该不该相信眼前这个女人，但留给她思考的时间不多了。

沈君华把行李箱轻轻放倒在地上，拉开了上面的拉链，小连伸展着胳膊，挣脱开衣物的包裹，爬了出来。他直奔着安红过去，搂住她的腿，用红红的小脸来回蹭着她。

"你……是谁？"安红看着沈君华说。

"这个不重要，我只是想帮你，帮你们。"沈君华的目光温柔地落在小连身上，小连羞涩地低下了头。

"谢谢你送小连过来，虽然不知道之前发生了什么……但是我不需要你的帮助。"安红把小连护到身后，略带警惕地看着沈君华。

"我和你一样恨徐伟，所以我不是你们的敌人。而你现在明显需要我的帮助。"

"你到底是谁？"

"你应该知道吧，五年前徐伟撞死过一个孩子。"见安红点了点头，沈君华吞下哽咽，继续开口说道，"而我……就是那个孩子的母亲。"

随后沈君华长话短说，交代了自己出现在这里的原因。

"那你为什么帮我……们？"

"也不为什么。你们想离开那个恶魔，而我正好可以助你们一臂之力。这里不能久留，我想，警察很快会查过来的。"

安红再次打量起面前的女人，她面容消瘦，眼睛中布满血丝，但眼神却坚定不移。她觉得女人说得在理。

安红挣脱开小连的手臂，端起泡面三口两口吃光了，抹了下嘴，然后麻利地把屋子收拾回原样。接着，安红蹲了下来，摸着小连的头劝说小连回到箱子里。小连不情愿地点了点头，迈回了箱子里，缩成一团后再次躺入衣物里。

沈君华帮忙整理，让小连躺得更加舒服，然后摸了摸小连的头，微笑着拉上了箱子的拉链，缓缓地把箱子立起来。

"我来吧。"安红从沈君华手里接过行李箱，用力推着向前移动，她的手背上，之前输液贴的医用胶布还没有撕。

"你放心，来之前，我给小连吃过饭了。"沈君华小声说道。

"嗯，正门不安全，我知道别的出口……"安红走得很快，她没有理会沈君华的话，径直向前走着。

笨重的行李箱在地毯上结实地轧出两道浅色的凹痕，但没留下声音。到了楼梯口的位置，沈君华蹲下托起行李箱的轮子，两人配合着，来到一楼的走廊。前台的服务员守在那里，低着头忙活着手里的十字绣，安红招招手，带着沈君华向开水房走去，那里有一个鲜为人知的后门。

从后门出去，又在狭窄的巷子里绕了几个弯后，俩人才来到主路。等了快有七八分钟，沈君华才伸手拦到一辆出租车。上车后，沈君华问安红去哪儿，安红跟司机说，去火车站。

"火车站安全吗？警察不会查到那里吗？"

"迟早会，但警察的动作不会这么快，我们应该还有些时间，而且有些事儿，必须做完，徐伟才会死心。"

从火车站离开来到机场，望着头顶飞过的飞机，安红有种不真实的感觉。现在发生的一切都不在她原来的计划之内，但比之前的计划更加安全可行。她还是无法完全信任对面坐着的女人，但如果对方说的话是真的，她也会给女人拨去几分同情。

安红拿着薯条，直直地插进挤在包装盒上的番茄酱里。她面目狰狞，尤其是看着红彤彤的酱料，让她想起了小屋地上的一团鲜红。但当务之急是给刚刚失血的自己补充能量，一桶泡面显然不够，所以她强忍着咽喉中涌出的恶心，持续往嘴里塞着薯条。

"确定去广州了吗？只要你想，我可以帮你重新买机票。"

"我只去广州。"

"你们落地之后怎么办，要不要再给你朋友打个电话？刚才打通了吗？"

"号码好像错了。"

"你记错了？"

"我不会记错的。"

"那是怎么回事儿？"

"我也不知道。所以才要亲自去看看。"

沈君华看安红心意已决，掏出包里的手机，连着二人的登机牌和身份证塞进安红手里，说："这手机你拿着，卡里面有话费，等你们到了广州开机直接用就行。里面存了我的号码，如果有需要可以随时给我打电话。登机牌一会儿检票的时候用，上面有登机口信息。"

安红把手机并着登机牌和身份证放在桌子上，她没问女人为什么那么好心帮自己和小连买飞机票，只是点了点头，表示自己知道了。说起来，安红此刻有点庆幸自己从没有告诉过老徐自己和小连的真名是什么，否则他们只要一买机票行踪就会被发现。

可能是吃得太多太急，反胃的感觉再次袭来，安红站起身说要去趟厕所，拜托沈君华看顾一会儿小连后便奔向厕所。

店里只剩下沈君华和小连两位顾客。

"吃吧，要不要再给你买点什么？"沈君华笑着把鸡块推到小连面前。

小连摇了摇头，用手语说了句吃饱了。

沈君华又把可乐推了过去，还有套餐里附带的一个塑料玩具。透明包装袋里装着一只穿着衣服的白色公鸡。

小连犹豫了一下才拿起玩具，用小手撕开包装。他拉动拉环，公鸡发出"喔喔喔"的叫声，惹得小连咧开嘴笑了。沈君华望着小连的笑脸，突然觉得心里好痛。接着，小连又摆弄着公鸡在桌子上一跳一跳地走路，公鸡先是跳到椅子上，接着又扑扇着翅膀飞到桌子上。小连看着沈君华，然后操控着公鸡，一下子飞到了沈君华的肩膀上。

沈君华也笑了，但眼角有些湿润。

"马上就要坐飞机了，小连开心吗？"

小连点了点头，但又摇了摇头。

"到底是开心还是不开心呢？"

小连放下玩具，垂下了头，用手指比画着："妈妈不要我了。"

"怎么可能，妈妈怎么可能不要你呢？妈妈只是去厕所了。"

"她……不是我妈妈。"

"小连，你在说什么啊？"望着一脸认真的小连，沈君华瞬间感到脊背发凉。

"她，真的，不是，我妈妈。"

"你是说，安红，不是你妈妈？"

见小连深深地点了好几下头，沈君华追问："那你妈妈呢？"

"我妈妈不要我了。"

小连比画得很快，沈君华怕自己理解错了，重复问道："不要你了？"

小连再次用力地点了点头，下巴几乎磕在胸膛上。然后小连忽闪着睫毛，噙着眼泪，瞪大眼睛看着沈君华，比画着："阿姨，你愿意要我吗？"

"我？"

小连点了点头，跳下座位，用粗糙的小手拉住沈君华的衣角。

沈君华感觉到自己的眼角有泪水滑落，她猛地点了点头，颤抖着一把把小连搂进怀里："阿姨愿意，阿姨当然愿意。"

安红在厕所的隔间里，对着光洁的坐便器，强忍着恶心。隔壁传来的冲水声仿佛变成了一只大手，伸进安红的喉咙里，拽出了她此前嚼碎的薯条、汉堡和那桶面目全非的泡面。胃里好痛，但不行，现在不能倒下。

安红从纸筒里扯出一段手纸，擦了擦嘴角的酸水。冲掉后，安红去洗手池处洗了一把脸。厕所里亮着温馨的黄光，好闻的香

味儿让安红觉得自己恶臭无比。安红从镜子中打量着憔悴的自己，目光落在了手腕上的胶布上。

到底是怎么回事儿？春英不是在信里答应得好好的，为什么她没有来？难道自己又被春英耍了吗？还有，外面那个女人，自己真的可以相信她吗？

厕所里涌入的几个陌生女人打断了安红的思考。安红摸了摸棉袄的里怀，确认装钱的信封还在后，低着头走出了厕所，张望着肯德基的位置，小跑着奔回去。

店里多了几个人，但依旧冷清，刚才还摆在桌上的薯条都撒在了托盘里。托盘旁边是安红的登机牌、身份证和手机。但那个玩具小鸡不见了，只剩下撕开的包装，和小鸡一起不见的，还有那个女人和小连。

安红

安红掏出女人刚给自己的手机，打了好几个电话，对面都是忙线。安红只能待在原地，等了很久，却什么都没等到。焦虑慢慢代替了愤怒，随着安红抖动的右腿一起加速点地。肯德基里的人变多了，安红吃掉最后一根冰凉的薯条，低头躲避着服务员疑惑的目光。

其实她知道发生了什么，桌子上原本和自己的身份证放在一起的小连的身份证跟着二人一起消失了。

不能再等下去了，警察会找过来的。

安红拿起登机牌，登上了飞往广州的飞机。

不知道过了多久，飞机重重地降落在地，可安红的心却仿佛还悬在半空。

该出现的春英不见踪影，而此刻该在自己身边的小连也不知所终。

安红从服务台那里问到了机场小巴的乘坐地点。信封里的钱不知道要撑多久，安红不敢直接打车。上车的时候，天都快黑了。安红没有听懂小巴司机的方言，自顾自地说出春英的地址，可司机只是摆摆手，让安红往后走就不再理会她。安红只好跟着人流上了车，挑了个靠近窗户的地方坐下。刚才的飞机上，她没有靠到窗子，只能隔着一位大哥的侧脸，望着窗外的云。

车上有些闷热，放眼望去，大家穿的都是单衣，只有安红还穿了件夹棉的外套。安红用力推开了个窗户缝儿，一丝晚风灌进来，吹乱了安红鬓角的头发。安红把头发掖回耳后，眯起眼睛，只觉得车窗外的霓虹灯化作五颜六色的丝带，一根根奔向后方。这里比省城看起来还要繁华。

　　安红随着大队伍下了车。不远的地方就停了很多出租车，司机一个个都打开了车门，招揽客人。安红挑了个看起来面善的，打了个招呼，然后把信封上的地址递给他。

　　听到安红的外地口音，司机皱了皱眉，打量着安红，比画了五根手指。

　　安红没有还价，点了点头就拉开车门上了后排座。

　　"靓女，你自己过来这里的呀？"

　　"我朋友在信封上的地址等我。"

　　"过来找朋友玩的啊，明天打算到哪里去玩啊？"

　　"朋友会带我去。"

　　见安红靠在车座上闭起眼睛，司机不再吱声。车子开进一片破旧的闹市区，路灯变得稀疏，地上还残留着烂掉的菜叶和腥臭的海鲜边角料，和刚才目睹的繁华宛如两个世界，只有空气中的腥气随着车轮的滚动一点比一点浓郁，呼应着越来越暗的天色。

　　"靓女，到了，前面开不进啦，我给你停这里，你顺着巷子走进去就是啦。"

　　安红伸长脖子望了望，掏出五十块钱递到前座，下了车。

　　这是城市旁边的小渔村。村里巷子不知道多长，一栋栋小楼紧挨着，看起来并不贫穷。

　　三十一，三十三，三十五，三十七。找到了，三十九号。那是一座窄窄的二层民楼，外立面贴着青绿色的长条瓷砖，楼门上贴着喜庆的对联，对联最后一个字的旁边摆着一盆渴死的植物，窗户上装着铁丝栏杆，但窗子里，没亮灯。

铁门上了锁，一条手臂粗的生锈铁链缠绕着铁门，下面坠了个暗红色的锁头，足有安红的拳头大。安红推了两下铁门，吱嘎声令人难受。安红又按了按门右边的红色门铃，也无人回应。她又用信封上的地址对了对门牌，没错，地址是这里。

安红掏出那个女人给自己的手机，拨通春英的号码。电话还是无人接听，但安红仿佛能听到，空房子里的电话在响。

安红趔趄了一下，有些虚脱，手腕上缠着纱布的地方开始发痒。安红回到巷子口的食杂店，要了一根烤肠。

听出安红外地口音的食杂店老板娘问安红，是不是来走亲访友的。

安红问老板娘，认不认得巷子里三十九号小楼的住户，接着还描述了春英的外貌。

老板娘在记忆的角落中扒拉出一个对照得上的身影，说还真有这么个女人，名字不知道，之前总来买烟，不过已经几个月没见过她了。

安红问买的烟是啥牌子。

老板娘说那就记不住啦，好像是三五。

安红没再说话，只买了一瓶矿泉水，再一次走进了被夜色淹没的巷子中。

蹲在三十九号门前，安红拧开瓶盖，一口气喝掉了半瓶。

戒烟的春英又抽烟了，抽的还是三五，她好像变了，又好像没变。

安红把水收进包里，索性坐到了花盆上，不对，老板娘一定是记错了。春英要是搬走了，那怎么和自己通信呢？明明一周前，自己才收到这封信的。

安红撑开信封，从里面取出那张翻看得已经发皱的信纸。

信的结尾，明明白白写着：等我吧，我去接你和小连。

安红就窝在门口坐了一整晚，早上睁开眼睛后已经浑身僵硬。夜晚的海风并不比省城冬天的冷风温暖。

这样等下去不是办法。

安红回到巷子里，里面的几家小店已经开始叫卖早餐了。安红随便进了一家人多的，要了一份肠粉和一碗海鲜粥，粥里水垮垮的，只能挖到几只蔫瘪的蛤蜊和虾米。安红把东西吃光，又去了昨天的食杂店，她买了一包三五，问老板娘认不认识三十九号小楼的房东，她想问问对方，知不知道春英的下落。

老板娘面露难色，她劝安红还是直接联系朋友的好，但在安红的恳求和一百元纸钞面前，还是勉强答应了下来。

房东就住在这附近，跟老板娘也算是熟识，听到安红是大老远从北边来找春英的，神情有一瞬间的不自然，思忖了片刻后，艰难开口道："你要找的人，几个月之前出车祸死了。"

安红呆愣在原地，半天没有反应。她觉得是不是自己听不懂广州的方言，所以误会了房东的意思。难道在南边，"死了"还有别的意思不成？

房东带着面无表情的安红走到小楼门前，一边开锁一边说，他也是被警察找上门认尸才知道的，因为春英并没有告诉他任何家人朋友的联系方式，所以他只能把春英的东西收拾收拾扔了出去。

院子里比外面看起来的还要荒，几根破木条散落在地上，杂草从砖缝儿下面长出来。房子里啥都没有，小楼上下两层，就剩了张破铁皮床，上面有层很薄的床垫，一碰就吱呀呀地响。

"我也不是故意要扔你朋友东西的，但是毕竟房子里摆着死人的东西，不吉利啊。希望你理解一下啊。"房东真没想到春英还会有朋友找上门，话里带着歉意和不自在。

安红没有理房东，只是执着地寻找着春英住过的痕迹。墙上贴着香港男女明星站在一起的海报，安红不认识。角落里还有一些烟蒂，安红从兜儿里掏出早上刚买的那盒三五，也抽了一支烟，呛得直咳嗽。

她不会抽烟，但是看春英抽过。她想起春英说的："不懂抽烟的人，永远也体会不到其中的滋味。就像你没过过我的人生，你咋的也不懂，也没办法体会那里面的滋味。"

后来，春英又把这一套理论用在小连身上，她说安红没生过孩子，自然不懂得如何当一个妈妈。

可她还是把小连留给了没当过妈妈的自己。

对于当妈这件事儿，安红不在行。可她从未想过伤害小连，春英不在，她只是不擅长和小连独处。

她讨厌自己的母亲，所以从没想过成为一个母亲。这么多年，她常常把自己的"病"归罪于自己的母亲。如果母亲不曾抛弃自己，如果自己不是跟着禽兽般的继父长大，是不是就不会得"病"。

她费尽千辛万苦来到广州，除了想见春英，也是想把小连还给他真正的母亲。可现在，小连不见了，她却自己来了广州……老天爷可能是要惩罚弄丢了小连的自己，于是也不让她再见春英。

　　安红太累了，管不了干净埋汰直接躺在了铁皮床上。垫子里面渗出丝丝霉味儿，仿佛抽出万千根蛛丝，困住了她。在机场的时候，她做过最坏的猜想是春英反悔了，不想来接她和小连了。此刻她却觉得，所谓的"最坏的猜想"，好像也不是那么不可以接受。

　　但如果春英几个月前就已经死了，那么这段时间和自己通信的人又是谁呢？他为什么要帮自己买火车票？

　　算了，这些事儿现在已经不重要了，什么事儿都不重要了。

　　安红掏出手机，右上角的电量显示只残留着一点点红色。她给春英的号码打了最后一个电话。

　　电话那头，还是一个女人礼貌的声音：对不起，您拨打的电话已关机，请稍后再拨。

张静

一周后，张静给煤球去了个电话，一是想打听打听楼里丢的孩子到底找着没，二是想问问新来的租客最近咋样，最重要的，是想问问盗窃案的后续，给自己吃颗定心丸。说到底，她是想和煤球彻底断了，最好是老死不相往来那种。

煤球也正好想去找张静唠一唠，一是跟张静坦白个情况顺便认个错，二是听殷大娘在楼道里闲唠嗑的时候提了一嘴张静最近在闹离婚，三是想还张静个东西。说到底，他是想和张静再续前缘的。

张静给了煤球一个三台子的地址，让他上午过去。煤球提前一天就去洗了个大澡，还让店里的小妹儿给自己剪了个头发。临走，煤球带了店里最香的两瓶洗发水，还买了张静之前就爱吃的那家小翠抻面店的猪头肉。

去三台子没有直达的公交车，煤球只能坐小巴，站点就在二环桥底下。那小巴很有脾气，有时候一会儿一趟，有时候等俩点也不来。煤球今天的运气不错，在北风里站了不一会儿，车就来了。售票员开着窗子，伸出戴着深蓝色套袖的右胳膊，使劲拍着车身，嘴里吆喝着一连串的站名。

上了车，煤球递给售票员一个钢镚儿。售票员问他去哪儿，他说去三台子。售票员说，那一个可不够，你得再给一个。

煤球摸了摸后屁股兜儿，又掏出张纸币，然后挑了个后排的地方挤了挤坐下。没想到，大清早，车上已经坐得满满当当。

　　好几个车窗户开着大缝儿，北风呼呼地灌进来，却怎么也吹不散车里的烟味儿。

　　车程不近，路又滑，晃晃悠悠，两个点才到。

　　煤球下了车，看张静正好在对过的小道那儿等他。

　　张静责问他咋那么慢，煤球没辩解，把猪头肉递给张静，说还温乎的，刚才一直揣在怀里。

　　张静带煤球去了一家小吃部，要了两碗碴子粥还有俩茶叶蛋，然后把猪头肉打开，让煤球快吃。

　　煤球还没咽下第一口，张静先张了嘴："楼里最近几天还消停吗？警察还去吗？"

　　"啊……"煤球被粥烫了嘴，忙用手背擦了擦。

　　"给，这儿有纸。"张静递过去一沓餐巾纸，"那孩子找着了？"

　　"说是找着了，但没回来，好像跟他妈跑了，案子也就结了。"

　　"结了好，结了那帮警察就不用来了。一看见警察，我这心里就慌。"

　　"我比你更慌。"

　　"你慌啥，就算抓住你，也是我主犯，你从犯。"

　　"别，我是主犯，你是无辜的。"

　　张静扑哧笑了，煤球和以前一样，傻透了腔。

　　"我是怕警察真查出来啥就不好了。这节骨眼儿上，真是……"张静看了一眼煤球。

　　"不能啊……"

　　"那之前的事儿，就算过去了。不过，我不是让你偷钱和金项链吗？我都给你备好了，就放在门口的鞋架上，你偏不偷，非得去拿那些个东西，不害臊……"张静说着，脸上有些挂不住地红了。

"……你说的那些，我不想偷……"

"行了，你拿来赶紧还我吧。"

煤球从里怀里掏出个小布袋，递给张静，上面的丝带差点儿掉粥里。

"还有啊，你咋还偷到对面屋去了，节外生枝，不好。"

"天地良心，我可没去过那屋。"

"可那胖子说，自己的锁也坏了，还丢了东西。"

"我跟你撒这谎干啥？"

看煤球较真的神色，张静转了话题："后来警察没再问过你话吧？"

"没有，案子都结了，还问啥话。"

"也是。挺好，挺好。唉，就是球球，可怜了。"

"球球咋的了？我还纳闷呢，最近咋没听到狗叫。"

"球球死啦……"

"咋死的？"

"好像是吃了毒饵站的耗子药，唉……早知道放了它是这样，我说啥也不可能那么干。"张静有几分心虚，"球球认识家，要不是吃了药，肯定在外面玩一会儿就回来了。"

"你把它放走……干啥？"

"还不是为了你！它要是呜汪呜汪地叫，你不就露馅儿了？"

"啊……对了，你妈说你最近在……闹离婚？"

张静点了点头，趁着煤球咽粥的工夫赶紧岔开话题，问煤球吃好没。

煤球把最后一点糙子粥扒拉进嘴里，也点了点头，说吃好了。

张静去前台结了账，把煤球送到下车地点的马路对面。

"给你带了洗发水，上次你用完说香的那个，外国货。"煤球把手里的塑料袋递给张静。

"大老远的，你也不嫌沉。行，我肯定好好用。"

"你家住哪儿啊，我送你回去吧，等我下回来，就认识了。"

"就那边。"张静漫不经心地一指，"下次我再带你去，今天，我老公在家……不太方便。"

"啊，我明白，行，我记住了。那边。"煤球也用手指了指张静刚才说的方向，"太冷了，你先回家吧，我自己在这儿等车就行。"

"别，我得给你送上车才放心。"

温度没有早上低，太阳起来了，风也不凉了。俩人站在路边，一时无话，只静止地望着车要来的方向，脚下摩挲着，踢弄着地上的雪。

等小巴终于来了，张静才松了一口气，掏出两个钢镚儿递给煤球："怕你零钱不够，刚才吃粥找的，你拿着吧。"

"我有零钱。"

"你拿着吧，我不爱在兜儿里揣钢镚儿，哗啦哗啦响。"

"行，你快回去吧。"

"嗯，等我过两天回去看我妈。"

"行，我等你。"

车子开走了。张静朝着刚才指给煤球的方向的反面走了过去。半道上，她找了个垃圾桶，把那个小布袋扔了进去。

张静又掂量掂量手里的两瓶洗发水，装洗发水的袋子把她的四根手指勒出了一道红印。

回去的路上，煤球没占到座。他将手攥成鸡爪状，艰难抓着座位靠背上起球的椅套，跟着车子前前后后地摇。玻璃上结着薄霜，看不清外面。一个急刹，他差点儿倒在座上的大婶怀里。

一阵抱怨后，煤球兀自把椅套抓得更紧了点，可胃里的猪头肉开始浪一样地往上返，他紧闭着嘴，憋着气，直憋得身上的鸡皮疙瘩挨个站起来。

浑身的不适感让他回想起那个晚上。那天，他穿了新买的一件黑色烫绒外套，戴了一顶黑色的毛线帽，还心虚地戴了黑色口罩。从前，他和瘸子叔学开锁的时候，从没想过有一天自己会用这个手艺来行窃。

推门出去，冷空气和黑暗一同袭来。二楼的感应灯是他提前弄坏的，他没想到三楼的胖子会来修，等修好后他只能借着查看灯泡的缘由，把灯再次弄坏。

楼道里静悄悄的，他以为只要脚步够轻，就能让所有的灯都灭着，一路摸到四楼。

他转过二楼和三楼间的缓步台，不小心碰倒了殷大娘的一捆葱，干瘪的葱叶倒地，那声响并不大，可三楼的感应灯却倏地亮了。

是有人要出门。

煤球灵活地转身，佯装下楼，可并没有听到有人从三楼走下来的脚步声。

冷静片刻后，他竖起耳朵，一点点挪着脚步上楼，轰鸣的心

跳声间隙中，他听到门的吱扭声，纸张的褶皱声，不知名的磕碰声，而后，门的吱扭声再次传来。

咔嗒，门关上了。

他没有看清楚声响的制造者到底是谁，只看到302的房门缓缓关上了。

燕子

一个月后。

屋子里点了炉子，暖洋洋的。燕子在玻璃柜台后面听广播，手里忙活着织围脖。红色的毛线球放在手边，燕子的竹针上下翻动着。这条围脖，是她织给自己的。

收音机里传来张学友的歌，他的声音颤抖着，仿佛正站在冰天雪地里唱歌。燕子爱听歌，所以一直想买个随身听。顺子说，那东西不如广播好，买了随身听还要买磁带，不划算，广播好，广播里什么都有，除了歌，还能听小品、相声、天气预报。可他虽然嘴上这样说，还是在月底结了货款之后，去铁百给燕子买了最新款的随身听。

随身听巴掌大，银色的机身，粉色的按键，耳机线也是好看的白色。顺子还说，等阳阳明年上学了，再给阳阳买一台复读机，阳阳可以用，燕子也能用。无论燕子是想出去打工还是想考大学，顺子从来都不反对，他说自己就想着给她们娘俩挣钱，怎么花、花在哪儿，是燕子要想的事儿。

阳阳跟着顺子去劳动公园滑冰车了。自从劳动公园的人工湖冻上了，阳阳就一直吵着要去。好不容易今天顺子腾出了工夫带阳阳去了，所以今天就她自己在店里。

阳阳拽着燕子的衣角，问妈妈为什么不去，燕子摸了摸自己脸颊颧骨处那道长长的凸起增生，摇了摇头说下次。

燕子想起刚来省城的那个冬天，她在公园结冰的桥洞下面讨生活，只一个跟头，这个疤便从此跟了自己。如今，自己变胖了，变老了，可这个疤却还是明晃晃的。

出门前，燕子把新织好的红围脖给两人系在了脖子上。一长一短，正正好好。燕子嘱咐顺子别让阳阳玩得太疯，出了汗就回来，别被风吹着感了冒。

外面又飘起了雪，铺天盖地的，比一个月之前的那一场还要大。燕子其实也想去滑冰车，她没玩过。燕子盘算着，晚上炖点茄子和豆角吃，顺便把昨天剩的花卷也打扫。眼见着雪花越飘越大，燕子开始盼着顺子快点带阳阳回来。今天没啥人，小卖部早点关门，一家人早点回屋休息。

《吻别》刚好唱完的时候，那个男人又来了。

他和之前一样，戴了口罩和鸭舌帽，黑色的大棉袄包裹得严严实实的，看不清身材和样子。他每次都买很多东西，什么都买，吃的喝的小孩儿玩的。每次给钱的时候，他头也不抬，话也不说，但总会偷看燕子几眼。燕子觉得他没有恶意，但今天顺子没在，她心里有些忐忑。

男人拿了一袋三鲜伊面和一根香肠，递给燕子五块钱。他的手上戴着黑色的毛线手套，食指的地方已经漏了。

燕子放下竹针，把钱收进钱匣子里，从里面翻找着钢镚儿准备找零。这时，男人突然倾过身子，一把按在钱匣子上，吓了燕子一跳。

是要抢钱吗？匣子里的钱不多，燕子把匣子一股脑推到男人面前。

男人愣了一下，接着把刚才放进钱匣子里的五块钱又掏了出来，仔细地展平整，放到燕子面前。

燕子看了看男人的眼睛，又看了看那张五块钱，觉得记忆迷宫大门上的锁头突然被什么东西撬开了。迷宫的尽头住着一个人，一个她不愿意回忆的人。

男人摘掉了帽子和口罩，露出清瘦且疲惫的脸。他的头发剪得短短的，眼下被口罩压出了痕迹，胡子围绕着干瘪微张的嘴唇。

是他。

燕子的身体后仰着，紧紧贴着椅背，不住地颤抖着。

她早该想到的，那双眼睛的轮廓，那两束清澈的眼神，一直埋藏在她的脑海之中。

"二龙？"燕子把椅子向身后推开，站了起来。柜台上的毛线球掉到了地上，滚啊滚，拉出一条长长的红线后消失在视线里。霎时间，她觉得自己的脚有些软，只好用手撑住柜台的台面。台面有些摇晃，下面有一颗螺丝松动好久了，她跟顺子说了好久，也还没拧上。

男人点了点头，那双不安的眼睛里，化开了一抹温柔。他掏出本子和一根水性笔，俯下身子开始写字。他的手指在抖，写得很着急。

在他举起来之前，燕子就看懂了上面的字。他的字迹清秀如初：阳阳。

燕子觉得肚子开始一点点下沉，分娩时的痛苦再一次袭来，仿佛有一双大手伸进自己的下体，从她的身体里死命往外拽着什么。哗啦，有什么东西掉了出来，掉到了雪白的床单上。她低头看着，可床上什么都没有，白得像外面的雪一样。

男人的眼睛里面充满了疑问，他举起本子里撕下的那张纸，不停指着。

燕子知道，他想问什么。

燕子猛地摇着头，摇着摇着，眼泪就跟着出来了，甩得脸颊上到处都是了。

"不是，不是！阳阳她不是！"

男人再次俯下身想去写字，可燕子一把抢过了那张纸。她把纸叠好两叠，递到男人的手心里。

"二龙，你听得到的，对吧！"见二龙拼命点头，燕子继续道，"我没骗你，你知道的！阳阳她不是当初那个孩子！她是我和顺子的孩子！原来的那个孩子……已经没了……二龙，我现在过得很好，你以后，别来找我了，行吗？"

男人的眼睛里转着泪水，攥住字条的拳头松了下来。

收音机里的音乐节目结束了，随之而来的是一个富有磁性的男声，播报着降雪的天气预报。今明两天，省城会有大暴雪。

男人看着燕子，木然地点了点头，重新戴好帽子和口罩，然后一胳膊把台面上的东西搂进怀里，消失在燕子身后的那片风雪里，好像从未来过。只剩下桌子上的五块钱卷曲地躺在那里，上面的折痕仿佛一刀刀刻成的，一刀刀刻进燕子的心里。

炉子燃烧的木条吱啦作响。燕子觉得，屋里似乎变冷了。

她又想起那一天，她躺在医院冰冷的病床上，身下是一片红色的血迹。

她又想起那一天，她应聘成为孙校长家的保姆，将他的轮椅从楼梯上推下去，将他银白色的头发，用血染红。

她又想起那一天，她撞见戴着口罩和鸭舌帽的男人在黑暗的角落里，喂那只咬伤阳阳的狗吃罐头，那个人——是二龙。

电台里的节目结束了，接下来是个寻医问药的节目，燕子不喜欢听。她关了收音机，将天线一节一节收回，这时候，有人来跟她买烟。

"来包红塔山！"

燕子低头捡起地上的毛线团，递烟过去时才看清男人的脸。

那张脸，她一辈子都忘不了。

男人没有认出她，自顾自地把烟揣进兜儿里，推门而出。

顶着风，男人没抽刚才买的那包烟，他的脚步很快，像是赶着去干什么大事儿。

燕子匆匆关了店，默默跟在他身后。来不及穿外套，她只用刚才织了一半的围脖胡乱挡住了脸。

男人进了一家抻面馆，环顾了一圈，找了个角落的位置坐下来。

燕子将围脖紧了紧，遮住脸，也跟着进去了，挑了个不近不远的地方坐下。

这家店，燕子没来过。

男人掏出新买的那包烟，又叫来了个男服务员点菜，而后，才拆了烟抽起来。

燕子不饿，但也点了一碗素面，面端上来的时候，一个女人进了店，她和刚才点菜的服务员寒暄了几句，看样子，像是面馆的老板娘。

燕子掰开筷子，搅和了一下面条，觉得那女人很面熟，可一时间却想不起来到底在哪里见过她。

男人要了一瓶"露露"，老板娘拿了过去，这时，燕子看到男

人一巴掌拍上了老板娘的屁股。

听不清他们之间的对话，但能看出老板娘的抗拒与不情愿。

啊，洒了——老板娘倒给男人的酒洒了，自己的面汤也洒了。

而后，老板娘扯着嗓子喊了个名字，一个老妇人从后厨出来，终止了这场闹剧。

燕子看到老板娘慌不择路地逃离，这时候，燕子终于想起来在哪里见过她了。

那是刚升入高三的第一个晚自习，走廊里传来叮叮咣咣的敲砸声。老师说，外面在做光荣榜，以后等你们考上了大学，照片也会被摆进去。

放学时，光荣榜已经做好了，里面整整齐齐地挂着四张照片，最上面一张最大，下面三张并排。

大照片里是一个模样有些倔强的女孩儿，因为四个人里，只有她的头昂得高高的。

燕子想起来，她是自己村里的小翠儿，何老五的女儿，村里唯一的大学生，那年以优异的成绩考进了省城的重点大学。燕子还从村里的广播里，听过她朗诵诗歌的声音。

是她，照片里的女孩儿是她。

是她，刚才落荒而逃的，也是她。

可是，那个男人，为什么要来找她？

小翠儿

时隔数年，小翠儿没想到自己会和二丫头见面。

那天，店里准备打烊，可还有一个女客人一直没有走。小翠儿过去问她还用不用点菜，女人摇了摇头，说想和小翠儿说会儿话。

小翠儿坐到女人对面，认出女人是小卖部的老板娘，自己在她那里买过桃罐头，可女人张口却说自己叫燕子，也就是村里的二丫头。

"你……你找我是什么事儿？"小翠儿有些慌，她下意识地摸了摸自己的肚子。

"我想帮你，当然，也是在帮自己。"

小翠儿从燕子口中得知了那段往事的全部真相后，也含着泪将自己的遭遇和盘托出，末了，她叹着气说："可是，事情过去那么久了，如今的我们能怎么办呢？"

"你见过村子里的驴拉磨吗？"

"见过。"小翠儿点了点头。

"驴拉磨的时候，并不知道磨盘上放的是什么，它们只是驮着重重的石碾，在鞭子的抽打中一圈一圈地走啊走，将磨盘里的一切统统碾碎。"

小翠儿疑惑地望着二丫头，没办法理解她的话。

"你和我，都是这磨盘上的豆子，不是吗？如果什么都不做，那么我们的人生就会在磨盘上一次又一次被碾碎，直到粉身碎骨。"

"我们……是豆子吗？"

"可如今，我们或许有机会掀翻那磨盘，蹬开那头驴，甚至，找到扬鞭子的那个罪魁祸首……"

周围的店相继关了灯，昏暗的街道里，只有抻面馆灯火通明。

小翠儿和燕子从派出所回来没几天，老丁和小马就抓到了刚子。

刚子竹筒倒豆子一样把这些年帮老金做过的事情说了个底朝天，老丁和小马越听越生气，但直到最后刚子也没说关于安红的事情。刚子说自己根本不认识什么安红，自己要找的小孩儿也不是小连。之所以他会去敲302的房门是为了找老徐，老金在何老五那里要到了二丫头乘坐的出租车车牌号，顺着车牌号查到了老徐的地址。

老金被警察找上门的前一刻，接到了大凤儿的电话。电话里，大凤儿告诉老金自己母女平安。

大凤儿还告诉老金，二龙现下就在病房里，和自己一起。老金抹了一把老泪，终究是什么都没说。

不久后，警方收到了一封匿名举报信，信中没有任何文字，只有一沓不堪入目的照片，照片中的女人都被有意裁剪了，而照片中的男人，正是老金供词中的名字。

两个月后，小翠儿的孕肚已经相当明显。

窗帘开了个一拳宽的缝儿，外面的天刚蒙蒙亮。小翠儿翻来覆去地睡不着，大力很早就出门了，他去早市买菜，一会儿顺路给自己带早饭回来。不知道今儿大力会买啥回来，她已经不想吃豆腐脑儿油条了。

今天，要是能吃上火勺就好了。

最近，警察为了刚子的事儿频繁来往于店内，大力得知了事情的原委后，对自己的态度由热情转为冷淡，有时甚至不愿正眼瞧自己一眼。从店里一回来，已经戒烟许久的他会抽着烟坐在窗口发呆，把屋子里弄得烟雾缭绕的。他还把自己的铺盖都挪到了客厅的沙发那里，让小翠儿自己睡大床。

大力知道了自己之前有过一个叫刚子的男人，也知道了刚子来店里纠缠过自己，更知道了自己怀过刚子的孩子。

小翠儿没办法辩解，毕竟这些都是事实。

小翠儿觉得有些闷，屋子里又干又热，一翻身，就一身汗。小翠儿来到客厅，窗子外面灰蒙蒙的，但小翠儿不想开灯。她按开电视机，调大音量，然后挪步到厕所。热水器还亮着指示灯，或许是昨晚忘了关，里面应该还有热水。小翠儿脱去睡衣，看着镜子中的自己，有些恍惚。肚子和之前一样，还是平平的，很难想象，里面居然孕育着一个生命。

温热的水从头顶浇下来，小翠儿紧闭双眼，陷入思绪的旋涡。

大力老实肯干，待自己和老何又很好，但自己或许从来没爱过他。相对于爱情，他更像是自己在面对婚姻时的权宜之策。

毕竟，自己选的出了错，老何选的，应该没错。

小翠儿想起大学时，放在笔袋里的那瓶修正液。只要不断摇晃，就能发出清脆的撞击声，而后轻轻按压，细细的尖头里就流淌出洁白的液体，覆盖掉自己写错的字迹。等干了之后，便不会再看出错误，再次书写的时候，只要够小心，就可以盖住那块突兀的白色。

可现在，小翠儿觉得自己的人生变得错上加错，而且再也没办法真正地修改过来了。

包裹在水雾中，小翠儿的皮肤被水烫得红红的。热水从头顶流下，一串串水流逐渐汇聚成一张密密的网，把她贴身罩住。小翠儿闭上眼睛，那些想冲刷掉的回忆一点点顺着水流钻进她的皮肤。

小翠儿想起了多年前在村口的小卖部遇到的二丫头。她的肚子圆圆的，天真地舔着手里的冰棍儿，稚气未脱的脸上找不到一丝即将临盆的恐惧。

这时，门外传来声响，是大力回来了。

浴室的门被推开，浴帘也被扯开，水溅到大力的身上，他埋怨地看了小翠儿一眼，一把关掉水龙头。

"咋还大早上洗起澡来了？赶紧出来把饭吃了，我妈让我看着你吃完再走。"

小翠儿草草擦干了身子，穿上睡衣，包着毛巾的头发还湿着。

餐桌上油腻的桌布残留着抹布的馊味儿。桌上的塑料袋里，依旧是豆腐脑儿和油条。

"别关。"小翠儿制止抬起遥控器的大力，"我边吃边看。"

大力瘪了瘪嘴，一屁股坐在沙发上。

小翠儿掰开一次性筷子，把豆腐脑儿里的香菜一一夹了出来，用筷子把豆腐脑儿搅散后，把撕开的油条一块块泡进豆腐脑儿里。

没什么胃口。小翠儿把筷子头放进嘴里嗯了嗯，开口道："过两天我想去参加同学聚会。"

"啥同学？"

"大学同学。"

"你大学不是没毕业吗？去那儿干什么，丢人现眼吗？"

"等生完孩子，我……我想回学校继续念书！"

"念书？你现在念书有啥用？不如多挣点钱，以后供儿子读书。"

小翠明白，从前的自己，是大力的妻子，是孩子的母亲，可如今，自己已经变成了一具承载着大力儿子的躯壳。

"大力，孩子生完，咱俩离婚吧！"

"你说啥？你再说一遍？"大力气得有些跳脚。

小翠儿不紧不慢地夹起一块泡软的油条，塞进嘴里。

她想去见见从前的同学，她想去看一看，那条她中途折返的路，如果继续走下去，会是什么样子，而且她不仅要看，还要亲自走一走。并且，她清楚地知道，这条路上的同行人，不会是大力。

终章　小连的日记

（一）

我喜欢徐叔叔。他也会吹 shào。

他教我吹 shào。吹 shào 真有 qù。

下次我要吹给妈妈听。

可小红阿 yí 说，妈妈在很远很远的地方。

我知道，妈妈一直不 xǐ huān 我。

（二）

今天，我给妈妈画了一幅画。画上是妈妈和我一起去公园玩。

妈妈穿着 zǐ 色的 qún 子，好美啊。

我还画了一列火车，我和妈妈一起去了火车站。

坐上火车去玩。

（三）

徐叔叔今天很生气。他打了小红阿 yí。

现在，他不让我们出门。他会锁住门。

我哭了。

我想去外面玩。

小红阿 yí 说我再也见不到妈妈了。

我讨厌徐叔叔。

（四）

今天，小红阿 yí 给我看了妈妈的信。

我有好多字不认识，阿 yí 给我读了一些。

阿 yí 说，妈妈很想我。

我也很想妈妈。

阿 yí 说，妈妈就住在海边。

我 zuì 喜欢大海了。

（五）

今天，小红阿 yí 教我认生字卡片。

以后，我会认识更多字，写更长的日记。

小红阿 yí 说如果我听话，就带我去找妈妈。

（六）

我今天去帮小红阿 yí 拿信了。

我真的很怕，外面好黑。

但是阿 yí 说，如果我做得好，就带我去找妈妈。

我很 yǒng gǎn，把信拿回来了。

（七）

今天，我又一次出门了。

我喝到了牛奶。

真好喝，我从来没有喝过。

有一次我把牛奶瓶带回了家。

小红阿 yí 说，让我多拿一些瓶子回家。

（九）

今天，徐叔叔和小红阿 yí 给我过了生日。

我吹灭蜡烛，还收到了徐叔叔买给我的奥特曼礼物。

但是，今天并不是我的生日，小红阿 yí 记错了。

还好，晚上的时候，我出门了，我好开心。

虽然外面很黑，但是我找到了一个秘密基地。

就在楼上，那里有好多纸箱，里面有更多的奥特曼玩具。

那里还有一个戴眼镜的胖叔叔。

他说他想帮助我们。

我玩得好开心。我一点也不想回家了。

我没告诉小红阿 yí。这是我的秘密。

（十）

最近，小红阿 yí 经常让我躲进那个可怕的地方。

里面的奶奶很可怕。

但是我不能说不。

因为我想去见妈妈。

…………

（九百九十一）

最近，我的学业繁忙，所以很少写日记了。但是，我昨晚又做了那个梦。闭上眼睛，我又变成了五岁的那个我，回到了那个夜晚。

我记得冰冷的楼道，白色的塑料袋被寒冷的风鼓动着，吹成可怕的形状。

我听小红阿姨的话，躲进那个被恐怖红光和呛鼻气味笼罩的房间。

　　终于等到徐叔叔回家了。我屏住呼吸，不让他发现。我做得很好，因为小红阿姨让我练习过两次。

　　外面的灯光消失后，我陷入了彻底的黑暗。我只好闭上眼睛。我怕黑。

　　周围安静了下来。我在心里默念着那首儿歌。其实我不用担心，因为我发不出声音。

　　可是，我刚念完三遍，就又听见徐叔叔出了门，我还听到了门被反锁的声音。

　　我讨厌那个声音。

　　我蜷缩着躺在地上，几乎快要睡着了。

　　还好，那个照片中的老奶奶还陪着我。

　　我向她许过愿，愿能早点见到妈妈，愿妈妈可以比从前更爱我。

　　不知道过了多久，徐叔叔回来了。我听到他的膝盖撞到了茶几，他又喝酒了。

　　鼾声响起，我再也等不了了，于是，我推开了那扇门。

　　房间里黑极了。我听到小红阿姨的咳嗽声。我知道，她在告诉我不要心急。

　　但是，我并不打算听她的。

　　她被锁在房间里。

　　我当时，很讨厌她。

我摸了摸自己的口袋，里面放着我的口哨，我的怀里，还揣着我的日记本。我径直走向大门，轻车熟路地将门打开，走了出去。

那是我第一次独自下楼。以前，我从没一个人往楼下走过。

小红阿姨说，妈妈会在楼门口等我。

我轻轻跺了跺脚，三楼墙上的灯泡就亮了。

我摸着冰凉的栏杆一点点下楼，可我走到二楼的时候，灯泡怎么也不亮。这时，我听到楼下有上楼的声音。我很害怕，于是我拼了命地往楼上跑。

我能躲去哪里呢？啊，我可以去那个秘密的房间。

于是，我跑到了四楼，灯泡被我的声音惊得亮了起来。我回过身，听着楼下的动静，脚步声越来越近，那个人应该已经发现我了。

慌忙之中，我看向自己的手。我记得，那个房间，就在四楼的右手边。

于是，我推开门，进入了那个房间。

我想就是那一刻，照片中的老奶奶听见了我的愿望……

我从不后悔在机场为自己找到了一位新妈妈。

她带我离开了那里，还为我取了一个新名字。

现在，我叫小罗。

图书在版编目（CIP）数据

盘丝 / 刘小河著 . -- 北京 : 北京联合出版公司，

2025. 4. -- ISBN 978-7-5596-8285-7

Ⅰ . I247.5

中国国家版本馆 CIP 数据核字第 20256TN 782 号

盘丝

作　　者：刘小河
出 品 人：赵红仕
选题策划：雁北堂（北京）文化传媒有限公司
责任编辑：刘　恒
特约策划：王　瑞
特约编辑：李　萌
封面设计：沉　清
版式设计：冉冉工作室

北京联合出版公司出版
（北京市西城区德外大街 83 号楼 9 层　100088）
小森印刷（天津）有限公司印刷　新华书店经销
字数 212 千字　880 毫米 × 1230 毫米　1/32　9.5 印张
2025 年 4 月第 1 版　2025 年 4 月第 1 次印刷
ISBN 978-7-5596-8285-7
定价：48.00 元